薬師ヒナタは癒したい

～ブラック医術ギルドを追放されたポーション師は商業ギルドで才能を開花させる～

月ノみんと

ill. 植田亮

TOブックス

イラスト：植田亮

デザイン：木村デザイン・ラボ

第一章　追放

「おい、ヒナタ・ラリアーク。ポーションを混ぜているだけの、役立たずめ。お前はもういらないから、今日でギルドを追放だ」

ガイアック・シルバ――ギルド長の言葉に、僕はびっくりした。

今まで怒られ、バカにされても、文句も言わず働いてきたのに！

このギルドには僕しかポーション師はいない。

ギルド長はポーション師を見下しているんだ。

だから大した予算ももらえずに、ポーションの素材も悪質なものばかり。

それでも僕のユニークスキルで、なんとか使えるポーションを作ってきたつもりだった。

「どうしてですか!?　僕は三年も頑張って働いてきました！」

「俺がギルドを継いで今日で三年目だ。親父との約束で、三年間うまくやれたら、俺の好きにしていいと言われているのでな。だから今日からは正真正銘、俺様のギルドだ」

「僕はギルド長のお父さんから、あなたを助けてほしいと頼まれているんですよ？」

「は？　思いあがるなよ？　お前がいなくても俺はなにも問題はないんだが？」

僕は前のギルド長に雇われたんだけど、どうもギルド長はそれが気に入らないらしい。

父親に認められたくて必死なんだろうね。

僕への嫉妬《しっと》で嫌がらせをしているんだ。

「そんなぁ……納得できません！　理由を教えてください！」

「まだわかんないの？　医術ギルドにはポーション師なんて底辺の人間はふさわしくないんだよ！

俺たち魔法医師は、ちゃんと大学で専門の教育を受けたエリートだ。それにくらべてポーション師は、資格もいらないただのゴミだ」

他の医師たちも、ギルド長に同意する。

「そうだよ。ポーション師なんて、楽してるだけだろ」

「お前がいなくても、自分たちでポーションくらい混ぜれるよ」

「平民は自分に合った仕事をしろよ。まあお前にはなんにもできないかな？」

ひどい理由だな。

魔法医師は貴族しかなれない仕事だ。

だからポーション師より立場が上なのはわかるけど……。

家や学歴で差別して、僕の仕事をちゃんと見ようともしないなんて！

「不満そうだな？　だがそれだけじゃないぞ？」

「え？」

「昨日お前が作ったポーションが原因で、患者が死んだ。これが証拠のビンだ」

「は？」

ギルド長は机の上に乱暴に、半分空になったポーションを置いた。

――ドン！

それは明らかにすり替えられたものだった。

「ありえない！　これは僕の作ったポーションじゃありません！」

「うるさいそんなのどれも同じだろ」

「いくら僕でも、自分の作ったものを見間違えるわけがないです」

それに、どんなに質の悪いものでも、ポーションを飲んで死ぬなんて、そもそもありえない。

「嘘《うそ》をつくなよ。ポーション師はお前だけしかいないんだから。お前が作ったに決まってるだろ？」

「さっきあなたたちだって、混ぜるだけなら自分たちでできると言ってたじゃないですか！」

「は？　俺たちは暇《ひま》じゃないんだから、わざわざそんなことするわけないだろ。さっきはお前がいなくなった後の話をしただけだ」

どうやらなにを言っても無駄なようだね。

それにしても、そんなことをしてまで僕を追い出したいなんてね。

嫌われたものだ。

「裁判にかけてもいいところを、特別に追放で許してやるんだ感謝しろよ」

「っく……」

きっと裁判官も買収されているのだろうね。

それに貴族と平民じゃ、どうやったって僕が不利だ。

悔しいけど、あきらめるしかないか……？

「そういえば今日は……お前の病気の妹の誕生日だったよな？」

「え？　はい、そうですけど……」

急にどうしたんだろう、ギルド長。

彼にも少しの優しさはあるのかもしれないな。

「ちょうどよかったじゃないか。お前の給料じゃ、どうせろくなプレゼントも買えないだろうし。いい土産話ができただろ」

ギルド長は笑ってそう言った。

他の医師たちも笑う。

ひどい……。

「あの、退職金とかは……？」

「ないぞ」

「他の仕事を紹介してもらえたりは……？」

「ないぞ」

そうか、本当にこの人たちは僕のことなんてどうでもいいんだな……。

僕は妹の病気を治すためにお金が必要なのに。

「もういいです。僕は冒険者にでもなりますよ」

「はぁ？　バカじゃねえの？」

みんな僕の言葉にまた笑い出した。

なんでだ？

「いいか？　お前はスキルも三つしか使えない、正真正銘のおちこぼれなんだ。今時十歳の子供でも、二十個ほどはスキルを使って戦うぞ？」

「それはそうですが……」

「それに、三つとも戦闘向きじゃないだろ。ご愁傷様《しゅうしょうさま》だな、行くとこないだろ」

「っく……」

たしかに、僕のスキルは――。


【薬品調合《ポーションクリエイト》】

【素材活性《マテリアルブースト》】

【素材鑑定《マテリアルアプリーザル》】


――と、どれもポーション師向けのスキル構成だ。

「ま、お前には才能がないんだよ。あきらめて妹と一緒に野垂れ死ね」

ギルド長は、じゃあなと乱暴にドアを閉め、僕を追い出した。

「はぁ……。妹になんて言えばいいんだ……？」

◇

「ただいま……」

「あら、お帰りなさいませ。お兄様？」

出迎えてくれたのは従妹のアサガオちゃん。

病気の妹のために、いろいろお世話をしてくれている。

とっても頼りになるいい子だ。

「顔色が悪いですわね。どうかなさいましたの？」

「うん、ちょっとね……」

僕が今日のことを話すと、アサガオちゃんは笑って元気づけてくれた。

「大丈夫ですわ！　わたくしがもっと頑張りますから」

彼女は妹の世話をしながらも、家でできる仕事で稼いでもいるよ。

具体的には、魔道具の簡単な修理や、薬草の仕分け作業などだね。

「アサガオちゃん……ゴメンね……」

「お兄様は今まで十分頑張ってくれましたわ！」

「ありがとう」

そう言ってもらえると、涙が出そうになるよ……。

僕らが話していると、隣の部屋から妹が起きてきた。

調子のいい日は、こうやって起きてきて話もできる。

「兄さん……？」

「ヒナギク……」

ヒナギク・ラリアーク——僕の最愛の妹だ。

どうやら話を聞かれてしまったみたいだね。

「不甲斐ない兄でごめんね。無能だって追い出されちゃったよ」

「兄さんは本当はすごいって知ってるなの。それがちょっとわかってもらえないだけなの」

「ヒナギク……」

ヒナギクまで、嬉しいことを言ってくれるね。

彼女たちがいてくれるから、僕は頑張ってこれたんだ。

そしてこれからも頑張れそうだよ。

「私のために、いつもありがとうなの、兄さん」

「おっと……」

彼女はそう言って僕のヒザに座ってきた。

病気のせいか体重がまた軽くなった気がするね。

「あらあら、ヒナギクだけズルいですのよ！」

「えへへー。アサガオちゃんも後で座らしてもらえばいいなの」

かわいい妹たちに囲まれて、僕はなんとか立ち直れそうだよ。

明日から仕事を探さなきゃな。

絶対に妹の病気を治したいし、そのためにポーションをもっと研究したい！

それに合った仕事が見つかればいいんだけどね……。

◆

さてさて、愚かな嫉妬からポーションのすり替えまでして、ヒナタを追い出してしまったガイアック。

彼は差別意識から、ヒナタの仕事をちゃんと理解してもいなかった。

彼らはこの後、とんでもないことが起こるのを、まだ誰も知らないでいた……。

◆

追放された翌日、僕は仕事を探して、とりあえず街に出てきた。

やっぱりポーション師として働くなら、薬品を売っているお店とかかな？

医術ギルドはもうごめんだ。

ギルド長のお父さんの頼みだから続けてたけど、今度はポーションの研究もできる仕事がいいな。

「むむむ」

お店の前で、商品の薬草類とにらめっこしている女性がいるね。

綺麗な人だ……。

なにか困っているのかな？

「どうしたんですか？」

僕が声をかけると、女の人はびっくりした顔で振り向いた。

「……？」

正面から見ると、本当に綺麗な人だね。

僕もびっくりした。

「ああ、素材アイテムの仕入れに来たんですけど……あまり詳しくなくて……」

「それでしたら、僕が選びましょうか？」

「え、いいんですか？」

「実はポーション師なんですけど……そんな僕でよければ！」

「ありがとうございます！　ぜひお願いします」

「……っち」

彼女がそう言った瞬間、店主のおじさんが舌打ちをした気がするんだけど。

僕の気のせいかな……？

お店にはいろんな種類の薬草が並んでいて、中には高すぎる値段のものもあった。

こりゃあ店主はとんだ狸オヤジだな……。

素人じゃあ悩みもするわけだ。

「素材鑑定《マテリアルアプリーザル》――！」

薬草（F）10G《ゴールド》……これはだめだ。

薬草（B）30G……お！　これは使える。

僕はスキルを使って、値段の割に質の高いものを選んだよ。

彼女に手渡すと、喜んでくれたみたいだね。

「すごいですね！　素材鑑定《マテリアルアプリーザル》が使えるんですか⁉」

「ええまあ、その代わり、戦闘スキルはぜんぜんですけどね」

「鑑定系のスキルを持ってるだけですごい才能ですよ！　うらやましいくらいです」

「いやあ、まあ……それでもクビになっちゃったんですけどねぇ……アハハ」


「え？　だったら、うちで働きませんか……？」


「へ？」

僕は一瞬、彼女がなにを言ったのかわからなかった。

もしかして僕、めちゃめちゃラッキーなんじゃないかな？

「実は私、新しくできた商業ギルドを任されているんですが、正直人手不足でして……」

「いいんですか⁉　僕、ただのポーション師ですけど……」

「ええ、あなたさえよければ！」

うーん、すぐにでも飛びつきたい話だけれど……。

商業ギルドかぁ。

あまり詳しくはないけど、僕に向いているのかな？

「たしかに、僕には仕事が必要です。でも妹の病気を治すために、ポーションの研究もする必要があるんです……」

「それならちょうどいいですよ！　商業ギルドにはいろんな素材アイテムが入ってくるから、研究するのにも向いてますよ！」

こうして、僕は彼女――ライラ・レオンハートさんがギルド長を務める商業ギルド【世界樹《ユグドラシル》】で働くことになった！

◇

「それにしても、その若さでギルド長とは……すごいですね」

僕は改めて、ライラさんをすごいと思う。

それに、この人には感謝をしてもしきれない。

こんなにすぐに仕事が見つかるなんてね。

「いえいえ、私もまだわからないことだらけで……。荷が重いですよ……」

僕とライラさんは、雑談をしながら世界樹《ユグドラシル》へと向かう。

ふと、ライラさんが持っている袋が気になった。

さっき買ったのとは別の商品だ。

「ライラさん、それは？」

「え、これですか？　これは……」

彼女が袋を開けるとそこには、使いものにならないクズ素材が入っていた。

素材鑑定《マテリアルアプリーザル》のスキルを使わなくてもわかる。

どれもこれも状態が（Ｆ）の粗悪品だ。

「いいように騙《だま》されて、買わされてしまったんですよね……。どうしましょうか、これ？」

ライラさんは笑っているけど、どこかやっぱり残念そうだ。

なんとかしてあげたいな。

「僕に貸してください」

「え？　こんなクズ素材を？」

「素材活性《マテリアルブースト》――！」

僕がスキルを使うと、状態（Ｆ）の素材が……状態（Ｄ）に変化した！

「これで、なんとか使い物になりますかね？」

「ヒナタくん……」

「は、はい？」

「あなた……すごいわ……！」

「へ？」

たしかに、自分でも便利なスキルだとは思うけど……。

こんなふうに褒《ほ》められたのは初めてだ。

「こんなスキル初めて見ましたよ……⁉」

「いやまあ……一応、僕のユニークスキルなんですよ、コレ。逆に言えば、これくらいしか取り柄がないんですけどね……」

「これだけ……って、十分ですよ？　コレ……。だって捨てるしかないような素材を、生まれ変わらせてしまうなんて……！」

なんだかよくわからないけど、とりあえず役に立てたならよかったな。

せっかくライラさんの厚意で雇ってもらったんだから、できるだけのことはしたい。

すると――。

「ちょっとそこのポーション師、止まりなさい！」

僕たちが歩いていると、後ろから急に声がした。

聞き覚えがある女の子の声、のような気がするけど……誰だろうか。

振り向くと……僕が追放された医術ギルドの制服を着た女性がいた。

顔は知っている。

ギルド長のとりまきの一人だ。

たしか名前は……レナさんだったかな？

「どなたですか？」

ライラさんが尋ねる。

「ああ、前の職場の人ですよ」

僕はめんどくさそうに答えた。

「なんの用ですか？　僕は追放されたので、もう関わりはないはずですが」

「倉庫のカギをよこしなさい」

「はい？　倉庫のカギ？」

「あなた、カギを返さずに行ったでしょう……？」

なにをおかしなことを言っているんだ、この人は？

僕は本気でわからない。

「とりあえず一緒に来て。死にそうな患者がいるから、倉庫まで行ってたら間に合わない」

「はぁ、僕が行ってもなにもできないと思いますが。それに……僕の力はいらないんじゃなかったんですか？　ポーションは自分で混ぜれるんでしょ？」

僕はあえて挑発するように言ってやった。

「うるさい。いいから早く！　倉庫までポーションを取りに行ってたら間に合わない」

「……っち。わかりましたよ。死にそうな人がいるのなら仕方がないです」

本当はもう二度とギルド長の顔なんて見たくもなかったけど、患者さんに罪はないからね。

それに……ちょうど手元に、さっきライラさんと買った素材もあるわけだし。

「いいですか？　ライラさん」

「もちろんいいですよ。気になるので私も行きます」

「すみません、巻き込んでしまって……」

「いえいえ、ヒナタくんはもう私の大切な仲間ですから。付き合いますよ」

「へ……？　つ……付き合う⁉」

思わず大きな声が出てしまった。

「え⁉　いやいや、そういう意味の付き合う、じゃありませんよ！」

ライラさんは顔を赤らめて否定する。

「で、ですよねー！　僕、今わかってて動揺したところがあります……！」

僕は慌ててとりつくろう。

「ま、まあ……そういうことになっても……私は構いませんけど……ね……？」

ライラさんは小声で言った。

「へ……？」

僕の聞き間違いだろうか？

きっとそうに決まってるよね！

会ったばかりの女性が、そんなこと言うはずないし！

僕もどうかしてるなぁ……。

自分の願望が、幻聴として現れるなんて……！

「で、では……行きましょうか！」

「は、はい！」

ライラさんはそう言って僕に笑顔を向けてくれる。

本当にいい人だな。

きっと……僕が前の職場に、嫌な思い出がある。

というのを、表情から察して、自分も行くと言ってくれたんだろうな。

気の利く、優しい女性だね。

——こうして、僕たちは再び医術ギルドへ向かうことになった。

◇

【ｓｉｄｅ：ガイアック】

俺はガイアック・シルバ。

エリートばかりが集まる、医術ギルドのギルド長だ。

昨日は無能のポーション師をクビにしてやった。

いい気分だ。

「すみません、ギルド長！　麻酔ポーションの場所がわかりません」

「は？　そんなのそのへんの棚にあるだろ。そんなこともわからないのかゴミめ」

まったく、せっかく無能を追い出したのに。

どいつもこいつも使えないゴミだな。

たしかこの男はキラとかいったか。

俺は忙しいから、男の名前なんかいちいち覚えてられない。

「この棚ですか？　ですが自分には、どれが麻酔ポーションで、どれが解毒ポーションかわかりません……」

「それくらい大学でも習うだろバカが。お前もクビにされたいのか？」

「そんなの覚えてませんよ。自分は魔法医師なので、ポーション関係のことは……」

「……っち。仕方ないな。おい、誰かポーションを見分けられるヤツはいないのか？」

「全部ポーション師に任せてたので誰もわかりませんよ。ギルド長はどうなんですか？」

「は？　俺が知るわけないだろ。なんで医師がポーションなんか管理しなきゃいけない？」

結局、キラにポーションを飲ませてみることにした。

飲んで寝れば、それは麻酔ポーションだ。

寝なければ、解毒ポーションということになる。

「……っち。こいつはもう寝たから使い物にならないな。無能め」

バカどものせいで今日は忙しくなりそうだ。

「ギルド長！　急患です！」

看護師が大慌てでやってきた。

さっそく俺の腕の見せどころだ。

「おい、なにがあったんだ!?」

大けがをした人がたくさん運ばれてきて、俺は大声をあげた。

「どうやら爆発テロのようです。最近、なにかと物騒ですから……」

「おい、ポーションを大量に持ってこい。時間との勝負だぞ！　急げ！」

俺は看護師たちに的確に指示をする。

難しい手術が続きそうだが、俺の医術魔法を使えばどうってことないだろう。

「ふう……なんとか乗り切ったな……」

俺たちは素早い対応で、多くのけが人を救った。

「さすが、ギルド長です」

「まあな……」

安心したのも束の間……。

「ギルド長！　大変です！　ジールコニア子爵《ししゃく》さまが刺されたとのことです！　運ばれてきます」

「なに⁉　子爵さまだと⁉」

爆発テロだけでも大事件なのに……。

子爵階級の人間が刺されるなんて。

これは戦争になるかもしれないな。

無能を追い出してこれからってときに……。

だがここで子爵を救えば、恩を売ることができるかもしれない。

俺は案外ついてるのかもな。

「よし、俺に任せておけ。必ず救ってみせる。お前たちはポーションを用意しろ。大量にな……」

またしても、俺はさっそうと指示を出す。

「ギルド長……それが……。さっき使ったポーションで最後です……」

「なに!?」

たしかに、今日はかなりのポーションを使ったからな……仕方ない。

医術魔法だけじゃなく、ポーションも使わないとキズは完全にはふさがらない。

「だったら、急いで倉庫に取りに行ってこい！」

「はい！」

とりあえずポーションが届くまでは、医術魔法で乗り切るしかない。

止血だけでもして、なんとか時間を稼ごう。

「ギルド長！　大変です！」

「おい、今度はなんだ!?」

「倉庫のカギが開きません！」

「バカな！」

きっとあのポーション師が、カギを返し忘れたに違いない。

最後まで足を引っ張ってくるヤツだな……。

「急いであのポーション師を捜せ！　そして連れてくるんだ！　ポーションを持ってこさせろ」

「わかりました！」

部下たちは急いでギルドを出ていった。

俺はとにかく場をつなぐ。

ポーション師を捜しに行った、レナという女は優秀だからな。

彼女がきっと、見つけてきてくれるだろう。

「おい、このギルドはどうなっているんだ！　早く子爵をお救いしろ」

ジールコニア子爵のお付きの者が、俺をせかす。

「すみません。今やっています。もう少しです」

……っち。なんで俺が怒られなきゃならない!?

◇

【ｓｉｄｅ：ヒナタ】

僕とライラさんは、医術ギルドにやってきたよ。

気が乗らないけど、患者さんを救うためだね。

「で、患者さんはどこにいるんですか……？」

「あちらに」

案内された部屋には、患者さん。

……とそれを救おうとするギルド長。

でもあれじゃダメだ。

ポーションがないから、キズがふさがりきらない。

「おう、遅かったな。無能は足もノロいようだな。さっさとポーションを置いて出ていけよ」

ギルド長は僕を見るなり、そう言った。

あいかわらず嫌な人だね。

「ちょっと！　なんなんですかあの人」

「いいんです。ライラさん……でも、僕のために怒ってくれて、ありがとうございます」

「そんな……」

僕はライラさんから素材アイテムの入った袋を借りる。

緊急のことなので、ライラさんは気持ちよく貸してくれた。

薬草（D）と、スライムコア（C）を取り出して。

「薬品調合《ポーションクリエイト》――！」

下級回復ポーション（C）ができた。

「ヒナタくん、調合まで速いんですね……すごいです」

「ええまあ、医術の現場では、スピードが命ですからね」

同じようにして、麻酔ポーションと回復ポーションを次々に作っていく。

そしてそれを、看護師さんがギルド長へ手渡す。

「ダメです、ギルド長！　キズがふさがりません！」

「くそ！　なんでだ⁉」

どうやら苦戦しているみたいだね。

ポーションを使うのが遅れたから、キズの治りが遅いんだ。

これは……なにか手を打たないとダメだね。

僕は自分のポケットから、生命樹の根（C）と、サンライト鉱石の粉末（B）を取り出した。

どちらもなかなか手に入らないレア素材だ。

「ヒナタくん、それは……？」

「僕の私物です。妹の病気の研究のために、集めているんですよ」

「そんな大事なものを、使ってしまっていいんですか？」

「ええ、いいんです。目の前で死にかけてる人を、見殺しにすることはできませんから」

生命樹の根（C）と、サンライト鉱石の粉末（B）を使って。

「薬品調合《ポーションクリエイト》――――！」

上級回復ポーション（B）ができた。

「これを使ってください……！」

僕はポーションを看護師さんに渡した。

「これは……！」

ギルド長が上級回復ポーションを使うと、患者さんのキズはふさがった……みたいだね。

「やった！　よかった……」

「安心しましたね。ヒナタくんのポーションのおかげですよ」

しばらくして、患者さんは意識を取り戻したようだ。

どうやら偉い貴族の人みたいだね。

助けられて本当によかった。

「君が……ここのギルド長かね？」

「ええそうです。私がギルド長のガイアック・シルバです。以後、お見知りおきを」

ギルド長がジールコニア子爵さんに挨拶《あいさつ》しているね。

きっとギルド長はここで顔を覚えてもらって、子爵とコネを持とうとしているんだろう。

「ありがとう。本当に助かったよ。このギルドには感謝しかないな」

「お褒めの言葉、恐悦至極にございます。子爵さま」

ギルド長は、跪いてわざとらしく媚《こび》を売っている。

「ヒナタくん……いいのですか？　ギルド長さんに手柄を持っていかれてますけど？」

ライラさんが僕に耳打ちする。

「ははは……ポーション師は裏方ですからね……」

悔しいしムカつくところもあるけど、仕方がない。

ん？

子爵さまが、まじまじと僕のポーションを見つめているけど……。

なんだろうか。

「おや？　この空ビンは……？」

「ああ、それはポーションのビンですね。クズのポーション師が作ったものです。ポーションを混ぜるしか能のない、本物のクズですよ」

失礼だな。

やっぱり僕はギルド長が嫌いだ。

「ほう……そうか……では私はそのクズに救われたということだな？」

「は？」

「君はギルド長のくせになにも知らないのだな……」

「ジールコニア子爵？　なにをおっしゃっているのか……。私はこのギルドのすべてを知り尽くしていますよ？」

「これは上級回復ポーションだ」

「は？　そんな！　上級回復ポーションなんてここにあるわけがないです」

ジールコニア子爵はお付きの者を呼び寄せた。

「おい、このギルド長は私を殺しかけたそうだな？」

「はい。彼はポーションを切らして、危うく子爵さまを死なせるところでした。あきらかに管理不足ですね。上級回復ポーションがなければ、助からなかったでしょう」

「……なっ⁉　あんたたちになにがわかるんです⁉」

「私は子爵だぞ？　そのくらいの教養はあるに決まっている。それとも我々を愚弄するのか？」

「う……それは……」

なにやらギルド長は追い詰められているようだね。

さすがは子爵さまと言うべきか。

「ポーション師に礼が言いたい。おい、ギルド長。キサマはもういい。どこかへ行ってしまえ」

「……っく」

ガイアックギルド長は、文句を言いながら奥に引っ込んでいった。

そして僕は子爵さまに呼ばれ、挨拶をした。

「ポーション師のヒナタ・ラリアークです」

「君のおかげで助かったよ。優秀なポーション師だね。それにしても、上級回復ポーションなんて
……よくとっさに用意できたものだ」

「たまたま僕が持っていたので……」

「なに⁉　君の私物を使わせてしまったのか。それならなおのこと、礼をはずまねばな」

「いえそんな……」

「君をギルド長に推薦しておくよ。出世させてもらいなさい」

「いえ、僕はもうここの職員ではないんです」

「なに⁉　そうなのか」

僕は子爵さまにライラさんを紹介する。

「商業ギルド世界樹《ユグドラシル》のギルド長――ライラ・レオンハートさんです。僕はこちらのライラさんのギ

ルドで、お世話になることになったんです」

「ほう……そうか、世界樹《ユグドラシル》だな。覚えておくとするよ。なにかあったときには、ぜひ利用させてもらおう」

「本当ですか⁉　ありがとうございます」

その後いくらかお礼のお金ももらえた。

なにかあったらジールコニア子爵の名前を出してもいいとも言われたよ。

なんだかすごいことになったね。

「すごいですヒナタくん！　子爵さまを助けたうえに、ギルドの宣伝までしてくださるなんて……！　それに、もっと見返りを求めてもいいはずのところを……」

「少しでもライラさんにお返ししたくて、ギルドの名前を出した……それだけですよ。それに、お礼のために助けたわけではないですしね」

「私も一緒です。お礼のためにヒナタくんをギルドに誘ったのではないですよ。ヒナタくんと一緒に仕事がしたいから、誘ったんです」

「ライラさん……。嬉しいです」

◇

【ｓｉｄｅ：ガイアック】

くそっ！

なんであのポーション師の手柄になっているんだ？

そもそもアイツが倉庫のカギを返さなかったのが悪いんじゃないか。

それに、女連れでやってくるなんて。

どういうつもりだ？

ムカつく野郎だ。

「おい、ヒナタ。いい気になるなよ」

「はい？」

「元はと言えば、お前のせいだからな。お前のせいで子爵は死にかけたんだ。それを自分の手柄にしようとはとんでもないヤツだな。わかったら子爵にもらった金と、倉庫のカギを置いてさっさと出ていけ」

「それはできませんね。まあお金を置いていくのはできますけど……」

「は？」

なにを言ってやがるこいつは。

俺に追放されたせいで、気でも狂ったか？

「だって、倉庫にはそもそもカギがかかってないですからね……」

「は？　バカなことを言うな」

俺は倉庫の前までやってきた。

「おい、開けてみろよ」

看護師に命令する。

「ダメですね」

ほら、開かない。

やっぱりコイツは嘘つきだ。

「はぁ……だから、こうやるんですよっ……っと」

ポーション師がなにやら倉庫の扉をガチャガチャやると、なんと本当に開いてしまった。

「バカな……！」

「ここをこうやったら簡単に開きますよ？　初見だとたしかにわかりにくいかも……」

「そんなはずは……！」

「みなさんそれだけ倉庫に入ってなかったってことですか？　呆れた……なんで自分の職場の倉庫の開け方も知らないのか？」

「おい、キサマさっきからナマイキだぞ」

「僕はもうこのギルドの人間じゃないですしね。むしろわざわざ呼ばれて、迷惑料をもらいたいくらいですよ？」

「うるさいお前がちゃんと今日使う分のポーションを外に出しとけ！」

「いやその作業をする前にクビにしたのは誰なんですか」

「……っく」

「あんたらのその人任せなところが人を殺しかけたんだぞ？　まあこれからはちゃんとしてくださいよっ」

ポーション師はそれだけ言うと、一緒にいた女と共に、ギルドを出ていった。

追い出したのは俺のはずなのに、なんだか俺が突き放されたような気分だ。

面白くない。

不快だ。

まあそんなアイツの顔は、もう二度と見ないで済むがな。

それにしても……子爵のあのキズの形……。

敵国の暗殺部隊によるもので間違いないだろう。

大きな戦争にならないといいがな。

まあ、そうなったら俺の稼ぎが増えるだけだがな！

◆

ヒナタもガイアックも、このときはまだ知らない。

自分たちが今回の件によって、二つの道に分かれることを。

一つは英雄の道、そしてもう一つは破滅の道……。

逃れられない運命の歯車が、今動き出した。

第二章　それぞれのギルド

「ようこそ！　世界樹《ユグドラシル》へ！」

ライラさんに連れられて、商業ギルドへやってきたよ。

みんな僕を笑顔で歓迎してくれた。

「ヒナタくんはすごいポーション師なんですよ。子爵さまを救って、ギルドにコネを与えてくれた英雄に乾杯！」

「すごい新人が入ってきたな！　頼もしいな」

みんなで歓迎会をしてくれた。

こんな扱いは初めてだな。

食事の後——。

「キレイな建物ですね」

「ええ、新しいギルドだから、まだ新品ですよ」

ライラさんはギルド内を案内してくれた。

忙しいはずなのに、ありがたいね。

「そしてここが、うちの商品倉庫です！」

「うわすごい！　見たことない素材もいろいろありますねぇ！」

これだけの素材で、自由にポーションの研究ができたらいいだろうなぁ。

もしそうできたら、妹の病気も治すことができるかもしれないね！

原因不明の未知の病気だから、何度も研究が必要だ。

そのためにも……まずはここで頑張らなきゃ！

「一応、できたばかりとはいえ、商業ギルドですからね。品揃えが命です」

「そうなんですね」

「ヒナタくんには仕入れをやってもらいたいので、よーく見ておいてくださいね」

「は、はい！」

ふと端っこのほうを見ると、灰色の物体が山になって積まれていた。

ゴミ……のような気もするけど。

ゴミは倉庫に置いておかないよね……？

「おや？　あっちのほうにかためて置いてあるのはなんですか……？」

「ああ、あれですか？　あれは……粗悪品置き場です。もう捨ててしまうような、質の悪い素材なんかを、置いてあるだけですが……」

「もったいないですね。僕がスキルで使えるようにしていいですか？」

「へ？　これを……ですか？」

「ダメですか……？」

「いえ……でも、これは本当に状態が悪いですよ？　使い物になるかどうか……」

「やってみますね」

まずは……。

「素材鑑定《マテリアルアプリーザル》――！」

結果は、全部（G）の状態だ。
（F）よりさらに下の、劣悪な状態。
どんな悪徳商人でも、さすがに売り物にはしないレベルだ。

「やっぱり……。ダメみたいですね……？」

「いや……そんなことはないですよ！」

「素材活性《マテリアルブースト》――！」

僕のユニークスキル、素材活性《マテリアルブースト》で（G）の素材が（E）に変化する！

「よし！」

「すごいです！　素材が完全に生き返りましたよ!?」

「まあ素が粗悪品だから、最低限使えるかなってレベルですが……」

「それでも助かります！　捨てるものが少しでも利益になるなんて！」

「お役に立てたようならよかったです！」

「やっぱり、ヒナタくんを雇って正解でしたね」

「これだけではないですよ……？」

「え……？」

「こっちの素材も使っていいですか？」

「へ？　ま、まあ……」

「薬品調合《ポーションクリエイト》――！」

今回はさっきの元クズ素材――薬草（E）を使うよ。

もう一個は別のところにあったスライムコア（D）を使う。

できたのは下級回復ポーション（D）だ。

「すごい！　薬草（G）の素材から、下級回復ポーション（D）になりましたね！」

「ええ、完成品のランクは……素材のレアなほうと同じランクになる、という法則があるんです」

「つまり、薬草とスライムコアだったら……スライムコアのほうと同じ質になる、というわけですね……！」

「そうです。ちょっとした、裏技……というかコツ、みたいなものですかね」

「さすがです！　素材の扱いにムダがないですね」

「うちは貧乏ですからね、こういう知恵ばっか身についてしまって……」

「それも立派なスキルですよ！」

「ですかねー」

しばらく話していると、ライラさんが、鋭い質問をしてきた。

「その……素材活性《マテリアルブースト》で品質アップした素材を、そのまま転売すれば、莫大な利益になるんじゃないですか……？」

「え？」

「あ、いやその……私自身がそれで荒稼ぎしたい、だとかではなくてですね。えっと……そのスキルを活用すれば、こんなギルドなんかに所属しなくても、生きていけるのではないかと、邪推しまして」

「ああ、そういうことですか。素材活性《マテリアルブースト》で活性化させた素材は、すぐに薬品調合《ポーションクリエイト》でポーション化しないと、もとに戻ってしまうんですよ。あくまで活性化にすぎないですからね。それに、ポーションは薬草だけではできませんからね。スライムコアを手に入れるには、スライムを倒す必要がありますから。僕には戦うことはできないので……」

「なるほど、そういう仕組みなんですね。まさにヒナタくん専用スキルですね」

「ええ、まあ。そういうわけで、僕にはポーションを作ることくらいしか、できることがないんですよ、ホントに。そんなんだから追い出されちゃったんですけど……」

「そんなことないですよ！　私は素晴らしいスキルだと思います」

「あ、ありがとうございます」

そんなこんなで、あっという間に日は暮れて。

夜にも歓迎会が開かれた。

まあみんな、飲む口実が欲しいんだろうね。

ライラさんが今日のことをみんなに話すと、一気に盛り上がった！

さっそくみんなの信頼を得られたようだね。

安心してやっていけそうだ。

「新人がすごいことをやってのけたな！　うちのギルドは安泰だ」

「おいおい、今月の利益はどうなっちまうんだよ！」

「誰かヒナタにビール持ってこい！」

僕はお酒は飲まないんだけどな……。

それでも歓迎の気持ちは嬉しいね。

◇

僕は家に帰って、妹たちに今日のことを話した。

いろいろあったからね……。

ちゃんと話しておいて、安心してもらいたい。

「……と、いうことがあったんだ」

「すごいなの。兄さん！」

「さすがですわ、お兄様」

「貴族の人を助けるなんてすごすぎる、なの」

「子爵さまのお礼のお金で、しばらくいいお薬が買えそうですわ」

よかった……。二人とも元気そうだ。

僕のことで心配させてしまったからね。

特にアサガオちゃんには頼りっぱなしだ。

ヒナギクにはせめて心は元気でいてもらいたい。

心の元気は身体の健康にもつながるからね！

早くヒナギクが元気になるように、もっと頑張らなきゃな。

◆

新たな場所で、新たなスタートを切ったヒナタ。

一方でガイアックは……新しい環境に、頭を悩ませるのであった。

◆

【ｓｉｄｅ：ガイアック】

「今日からは自分たちでポーションを混ぜる必要がある」

俺は朝礼で、みんなに命令をするッ！

士気を高めてやるのも、リーダーの立派な仕事だ。

「まあ……とはいっても、ただ混ぜるだけだけどな！　あののろまなポーション師でも一人でできたんだ。お前たちにできないはずはないよな？」

「もちろんですギルド長！　自分たちも大学のころに、授業でやりましたから！」

「そうだろうな！　ポーション師をクビにしたおかげで、経費も浮いたからな。今月は給料日を楽しみにしておけ！」

「うおおおおおおお!!　さっすがギルド長です。話がわかる上司だ！」

ようし、俺の狙い通り、みんなやる気になったようだな。

特にキラとかいう新人医師は、反応がいい。

のろまなヤツだが、ムードメーカーとしてはなかなかだな。

「でも、ギルド長。彼の給料はかなり少なかったと思うのですが……？」

「ああそうだ。だが心配する必要はないぞ？　アイツの給料は本来より安く渡していたからな。実際はもっと金が浮いていたのだ。それを今までは親父の目があったから、お前らに渡せてなかったが……今月からは俺の自由だ！」

「うおおおおおおお!!　すげえ！」

「さっそく倉庫に行くぞ！」

「はい！」

倉庫の扉を見ると、ヤツのことを思い出して腹が立つ。

忌々《いまいま》しい扉だ。

「あの……ギルド長？」

「……なんだ？」

「倉庫に入らないのですか……？」

「は？　俺に開けろと言っているのか？」

「す、すみません……！　自分が開けます！」

「……っち。クズめ」

気の利かないやつだ。

俺が扉の開け方なんぞ覚えるとでも思っているのか？

そんなことに使う脳の容量はない。

俺の頭はもっと複雑な、魔法医療のことでいっぱいなのだ。

「おいなんだこれ⁉　素材がどれもこれもくずばっかだ。しけってて使い物にならないぞ⁉」

「あっれぇおかしいな」

俺たちは倉庫に入って、素材を手に取ってびっくりした。

ヒナタめ……。

あのクソポーション師、管理をサボってやがったな⁉

俺たちが倉庫に入らないのをいいことに……！

「やっぱりクビにして正解だったな……。無能め」

「腹立たしいですね」

「ああ」

いくら混ぜるだけといっても、こんな素材じゃどうにもならない。

全部捨てるしかないな……。

はぁ、大切な素材が……大量に無駄になったな。

損害賠償を請求したいところだぜ！

「とりあえず今日は作り置きのポーションを使うしかないな」

「ですね」

一応、倉庫の中には、完成品のポーションが残っていた。

これはまだ使えそうだな。

だが無くなるのも時間の問題だ。

「おい、レナ」

「はいギルド長」

俺はレナを呼びつける。

こいつに命令しておけば間違いない。

愛想のない、マニュアル人間だが……。

そのぶんやることは正確だ。

「新しく素材を発注しておいてくれ、大量にな……」

「わかりました」

◆

彼はまだ知らない……。

自分が盛大な、勘違いをしていることを……。

そしてそれによって、とんでもない事態になることを。

◆

【side：ヒナタ】

さっそく今日から本格的な仕事だ。

僕は早めにギルドへ行った。

「ヒナタくん、ちょっといいですか？」

「はい」

ライラさんは真剣な顔でやってきた。

なんだろう？

「こんどうちで、オリジナルブランドのポーションを作りたいんですが……その監修をお願いできませんか？」

「ポーションの監修……ですか」

入ったばかりの僕に、責任重大な仕事だな。

期待してくれてるってことなのかな？

「もちろん、僕でいいんでしたら……なんでもやりますよ？」

「よかった。じゃあお願いしますね」

僕はライラさんから書類を受け取る。

細かい説明なんかが書かれている。

えーっと……ふむふむ。

「素材の予算はこれくらいで……このくらいの本数を用意したいんですけど……。大丈夫そうですか？」

「え⁉　これが予算ですか⁉」

「あ、やっぱり……足りないですか？」

「違います違います！　逆ですよ。こんなに予算をいただいて、いいんですか⁉」

「ええもちろん。ポーションは主力商品になりえる、重要なアイテムですから。それに、ヒナタくんの作るポーションに、私も興味があります」

「そうですか……。まあこれだけ予算をもらえれば、きっとご期待にそえると思いますよ！」

僕は一人、倉庫に入る。

オリジナルのポーションかぁ……。

やっぱり普通のものを作ってもなぁ。

なにか差別化が必要だね。

普通の市販のポーションとは違うものができればいいんだけど。

医術ギルドにいたときは、麻酔ポーションや解毒ポーション……。

それから、魔法手術用の補助ポーションばっかりだったからなぁ。

パッケージ品をデザインするのは、僕もこれが初めてだ。

「まずはベースとなる、普通のポーションから作ろうか」

薬草（D）とスライムコア（C）を用意する。

もちろん素材活性《マテリアルブースト》で活性化させた素材だ。

予算や市場の需要を考えると、これが適切な状態だろうね。

「薬品調合《ポーションクリエイト》――！」

下級回復ポーション（C）の完成だ。

これをベースにしていくよ。

次に、クモの目（C）と魔女ニンジン（B）を用意。

「薬品調合《ポーションクリエイト》――！」

完成したのは、下級魔力ポーション（B）だ。

飲むと魔力を回復してくれる。

さあ、下級回復ポーション（C）と下級魔力ポーション（B）ができたね。

これを混ぜてみよう。

「上手くいくといいけど……」

ポーション同士を混ぜるのは、スキルを使わない。

と、いうより僕のスキルではできないだけだけど……。

ポーション調合は、スキルで時短もできるし、手作業でもできる。

だからまあ……そのせいで僕は、誰でも混ぜれる！

……って言われて、解雇されたわけだけど……。

「よし、これくらいかな……？」

僕は火にかけてたポーションを、持ち上げる。

この火加減が難しい。

あまりやりすぎると、焦げてしまって台無しだ。

でも実は、こういうのは得意なんだよね、僕。

妹のために異国から取り寄せた、古今東西のいろんなお茶や薬品を煎じてきたから。

まあどれもそれほど効果はなかったんだけれど……。

というわけで――。

•

「下級両回復ポーション（B）の完成だ！」

僕は一人ガッツポーズを決める。

まあこれだけだと、まだ物足りないんだけど。

「へぇ……上手なもんですねぇ」

「うゎあ！　っと……」

振り向くと、ライラさんがいた。

見られていたなんて、恥ずかしい。

「い、いつからいたんですか⁉」

「うふふ、秘密です」

「どうかしたんですか？」

「いえ、ただヒナタくんがどうしてるかなって、思っただけですよ」

ライラさんはそれだけ言うと、また忙しそうに消えていった。

なんだったんだ……？

でも本当にそれだけなのかな？

まさかね……。

ライラさんは忙しいんだし、わざわざ僕を気にかけたりはしないだろう。

顔を見に来ただけというのは方便で……。

本当はちゃんと仕事してるのか見に来たに違いない！

あくまで僕は新人だからね。

頑張らないと！

「そういえば……、ポーションって、冒険者の人たちが買うんだよね……」

僕はあることに気づく。

今までは医術ギルドにいたせいで、当たり前のことに気づいてなかった。

市販のポーションを使うのは、医師ではなく、冒険者なんだ。

「冒険者ってことは、戦いの最中にも、飲んだりするわけだ」

僕の脳にアイデアが降り注ぐ！

「じゃあ、飲みやすいほうがいいよな……」

僕は、その辺にあったスポンジプラムの箱を開ける。

スポンジのように水を吸いやすい、ふしぎな果物だ。

「これを、ちょうどいい大きさに切って……と」

切り分けたスポンジプラムに、さっきのポーションをしみこませる。

これなら、でかいポーションの入れ物を持ち歩かなくてもいい。

片手で好きなときに取り出して、おやつ感覚で食べられるだろう。

「これは結構……いいんじゃないか……？」

戦闘中の栄養補給もできて、おいしいなんて！

下級回復ポーションには、痛み止めの効果や止血作用もあるから、バカ売れ間違いなしだ！

「さっそく誰かに試食してもらおう」

僕は手ごろな人を探した。

あ、ちょうど重い荷物を運んでいる、お兄さんがいるね。

商品搬入の係の人だ。

肉体労働で疲れているはずだから、きっと喜んでもらえるだろう。

「あのーもしよろしければ、食べてみてください。新しいポーションです」

僕は一つ手渡す。

「お、なんだこれ、美味そうじゃん！　……って新種のポーションだって⁉　どう見ても、ポーションなんかには見えないけどなぁ……？」

――パク
「うおおおお⁉　なんか身体の痛みがひいていくぞ⁉　さっきまで筋肉痛でつらかったのに……！」

よし！

ちゃんとポーションとしても機能しているね。

「それに味も美味い！　ほんのりビターで、それがスポンジ食感と合わさって、なんとも言えないハーモニーを作り出している‼」

お兄さんが大きな声で叫ぶ！

「おいなんか美味そうだな？　俺にもくれよ！」

「いいですよ」

「あ、ずるい！　俺も俺も！」

「はいどうぞ！」

周りにいた他の人たちも、作業を止めてやってくる。

これは売り上げも期待できそうだね！

「おい、これはいつから買えるんだ⁉　仕事中にこれがあれば、疲れもふっとぶぜ⁉」

「ああ、売り出したらすぐに教えてくれよな！」

「絶対に買うぜ！」

みなさんいい人だ。

僕は彼らの名前を聞いて、またお知らせすると約束をした。

さっそくライラさんにも見てもらおう。

「え……これをあの予算でできるのですか？」

「なにか問題があったでしょうか……？」

ライラさんが困惑している。

僕はおそるおそる聞いた。

「いや違う、逆です！　こんなに安くていいのですか？　だって、ポーションっていったら……そこそこ値が張るものですよ？」

「まあそこは僕のスキルで浮いた分もありますし……。それに、スポンジプラムにちょっとずつしみ込ませてあるので、それほどポーションの成分は多くありません」

「だとしても、コレは異常ですよ!?　革命的なお値段で提供できてしまうじゃないですか！」

「まさにそこがポイントです！　冒険者だけでなく、肉体労働者のためのオヤツにもなるでしょうね」

「ちょっと待ってください。ポーションを果実にしみ込ませてあるのでしたよね？　それでしたら、ポーションの効果が薄くなったりしないのですか？」

「スポンジプラムには元々、滋養強壮効果もあるので、そこは問題になりません。それに、しみ込んだポーションを、ゆっくり噛《か》みながら摂取することになるので、十分な効果が期待できますよ！」

「へぇ、そうなんですね！　ヒナタくんと話すと、勉強になります」

「いえいえ、そんなことないですよ」

「私も食べてみていいですか？」

「ええ、ぜひどうぞ」

「うん、おいっしいですねぇ！」

「……では……これで大丈夫ですか？」

「もちろんです！　さっそく売り出しましょう」

「よかったぁ」

◆

のちに莫大な利益をもたらすことになるそのポーションは——

——ギルド名にちなんで【世界樹《ユグドラシル》の果実】と名付けられた。

◆

【ｓｉｄｅ：ガイアック】

「ギルド長！　発注していた素材が届きました！」

「お、そうか。これでようやくポーションを混ぜれるな」

朝早く、助手のキラが俺に報告する。

まったく、ヒナタのせいでとんだ無駄遣いをしてしまったぜ。

ポーション師ってのは呆れるほどクズだからな。

ま、俺の的確な指示のおかげで、それもなんとかなりそうだ！

俺は届いた素材を確認するために、箱を開けた。

ん……？

「おいなんだこれ⁉」

「どうしたんですか⁉」

俺は素材を手に取って、まじまじと見つめる。

いくら見ても、やっぱり間違いない……。

俺の手にあるのは、カピカピに乾いたどす黒い薬草。

「これは本当に新品の素材なのか……⁉」

「はい、そのはずですが。先ほど届いたばかりですので」

「だったらなんでどれもこれもクズ素材なんだ⁉」

「え⁉　そんなはずは……ホントだ！」

キラも素材を確認し、驚く。

まさかコイツのせいじゃないだろうなぁ？

だとしたら白々しい芝居だが……。

「どうなってる⁉　これじゃあ倉庫にあるのと変わらないぞ？　新しく発注した意味がないじゃないか！　おい、レナ！」

俺は遠くにいるレナを怒鳴り、呼びつける。

アイツに訊けばすべてわかるだろう。

「はい、ギルド長」

「発注をしたのはお前だったよな？　どうしてこうなった？」

「私はいつも通り発注をしただけですが……」

「うるさい！　言い訳をするなこのゴミ虫め！」

俺はレナに強烈なパンチを喰らわせた。

俺は言い訳をするヤツやごまかすヤツ、嘘をつくヤツが大嫌いなんだ。

女だろうが容赦《ようしゃ》はしない。

部下にナメられたら終わりだからな。

「ギルド長！　レナさんが可哀そうだ」

「は？　黙れよカス。お前も殴ろうか？」

キラの野郎、ナメた口をききやがる。

俺に指図するなんて何様のつもりだ？

「僕ならいくらでも殴られますよ！　ですから女性に手を上げるのだけは！」

「は？　お前レナのことが好きなのかよ？　こいつは俺の女だぞ？　俺の好きにしてなにが悪い？」

俺はキラにつめより、ヤツの胸ぐらを押さえつける。

思った通りのヒョロガキで、簡単にぶち殺せそうだ。

こんな弱い身体で俺にはむかうつもりか、コイツ？

「で、ですが……」

「こいつは殴られて喜ぶ変態女だからいいんだよ。なぁレナ？」

俺はレナのケツを強く握りしめて言う。

もしもここで反抗しやがったら、そのまま握りつぶしてやる。

「は、はい……」

「……っく。レナさん……」

キラは小さく歯噛みしている。

これはキツく言っておく必要があるなぁ？

「おい、次にナメた口きいたら、ぶち殺すぞ？」

「は、はい……。すみませんでした、ギルド長……」

「……っち。わかればいいんだよ」

……で、だ。

いったいなぜ、届いた素材がこうもクズばかりなのか。

いいことを思いついた。

「おい、お前たち。わからないなら、そのゴミ素材を売りつけてきた商人を連れてこい！　そいつに直接訊けば、わかるだろ。なんでもっと早くそうしないんだ？　のろまばかりだなぁ」

「そ、そうですね！　商人が間違えてよこしたのかもしれませんしね……。さすがギルド長です！　自分は思いつきませんでした」

　キラがさっきのことを挽回しようと、俺に必死に媚を売ってくる。

　こういうところが憎めないヤツだ。

　世渡り上手なバカは、バカの中でもまともな部類だ。

　嫌いじゃない。

「そうだろう、そうだろう。君みたいな無能はね、俺をもっともっとホメるといいよ？　俺はギルド長だからね。出世させるもクビにするのも、すべては俺次第ってわけ。ポーション師くんは、そのところわかってなかったからねぇ？」

「そ、そうですね……」

「かしこいお前なら、わかるだろう？　俺の気分を害したら、どうなるのかをね？」

「は、はい」

「だったらさっさと、商人に連絡しろよ！」

「は、はい！　ただいま！」

◇

俺はギルド長のイスに座り、堂々と構える。

商人にナメられれば終わりだ。

あいつらはすぐにぼったくろうとしてくるからな。

「ギルド長、商人の方をお連れしました」

「お、遅かったな。だがまあいい、許す。通せ」

俺が言うと、キラが商人を部屋に通した。

レナがお茶を用意している。

若い商人は、俺の向かいのイスに腰かけた。

「どうも、いつもご注文ありがとうございます。商人のメリダです」

「挨拶はいい。俺は怒っているんだ」

「はぁ……。なにか不備があったようなら、謝りますが……。どうかされたのですか？」

「これを見ろ。今日届いた素材アイテムの、箱だ」

「ですね」

「はぁ？」

ナメてるのかコイツ？

俺はクズ素材を手につかみ、商人に向かって投げた。

「このクズ素材の山はなんだって訊いてんだよ‼」

「ですから、薬草（F）二千個ですね」

商人は顔色一つ変えずに言う。

ムカつく野郎だ。

思えば、あのポーション師も、こういう態度をとるヤツだったな。

最近の若い連中はみんなこうなのか？

「誰がそんなものを頼んだというのだ⁉」

「ですから、あなたです。注文通りですよ？」

「は？　嘘を言うな！　騙そうったってそうはいかないぞ！」

「これをご覧ください。注文の伝票です。最初の契約で、このギルドにはランク（F）の素材のみを売る契約になっているんです」

商人はそう言って、机の上に書類を並べた。

たしかに、契約書で間違いなさそうだ。

信じられない。

「嘘だろ……？　なんでこんな……」

「なんでも、予算がたりないから、クズ素材じゃないと数が足りなくなるとかなんとかで……」

「は？　予算？　たしかにポーション師に渡してた予算は少なかったが……」

「最初に注文いただいたときに、ヒナタさんがそうおっしゃっていたんです」

ヒナタ……？

あのクソポーション師の野郎か。

絶対許せねぇ。

「なんでそんなことを……？　いくらなんでもこれじゃあ使い物にならないだろう」

「ですから、ヒナタさんが工夫をしていらしたんです。スキルを使ってね」

「スキル？　そんなこと聞いてねえぞ……？」

「え？　そうなんですか？　ヒナタさんは、クズ素材からでも、そこそこのポーションを作れるんですよ？　いやーすごいですよねぇ。商人としては羨ましい限りですよ」

「どういうことだ……。アイツが？　そんなことを？」

「ですから、ヒナタさんに渡せば、解決してくれますよ。今日は休みなんですか？」

「あ、アイツは……クビにした。だからもういない！」

「え、ヒナタさんをクビにしたんですか？　そりゃあバカなことをしたね……」

「うるさい！　バカはお前だ！　とにかくこれは返品だ！　さっさと持って帰れ、そして失せろ」

「は？　そんなことはできませんよ、こっちだってこんなクズいらないですからね、あんたのミスだろ？」

なんなんだこの商人！

ムカつくムカつくムカつく！

それもこれもアイツのせいだ！

死ね死ね死ね死ね死ね死ね！

くやしい！

くやしい！

くやしい！

「俺に口ごたえするな！　おいキラ、さっさとコイツをつまみ出せ！」

「は、はい」

「なんなんだアンタは！　いきなり呼びつけておいて、いちゃもんつけた挙句に、つまみ出せだと？　もうアンタに売る薬草はないからな！」

商人は捨て台詞を吐いて、ギルドを出ていった。

いい気味だ。

あんなクズとの取引、こっちから願い下げだ。

商人としての態度がなっていない。

「……っち。とんだ災難だったな」

「すみません、自分がもっと確認しておくべきでした」

レナが頭を下げる。

「本当にそうだよ。無能だな」

「次からは気を付けます」

「そうだといいがな」

まあそれはそれとして、だ。

「これをどうするかな……」

俺は残った大量のゴミ素材——薬草（F）二千個を前に、そうつぶやくのだった。

◇

【side：ヒナタ】

「あれ、ライラさんはどうしたんですか？」

僕は朝、ライラさんの姿が見えないことに気がついた。

ポーションについて、話を進めるはずだったんだけど。

「ああ、ライラさんなら、応接室にいるよ」

「応接室？」

「ちょっとね……。商談の途中さ」

ギルドの中でも顔見知りのお兄さんに声をかけた。

お兄さんはそのまま応接室に案内してくれたよ。

応接室の前の廊下に来ると、中から声が聞こえてくる。

ライラさんの声と……初老の男性の声。

「これが、世界樹《ユグドラシル》の果実。うちの主力製品となる一品です」

「うーん……新しいギルドの、新しいブランドポーションなんて誰も買わないよ、信用ってものがあるからね」

「でもいいものなんです」

「まあ、それはそうなんだろうけどね……。それでもみんな、得意先ってものがあるから……付き合いってやつだよ。派閥や利権とかもあるしね」

どうやら商談はあまり上手くいってないみたいだね。

せっかく上手くいくと思ったんだけどなぁ。

しばらくの間、僕が黙って聞いていると……。

ライラさんが僕に手招きした。

「ヒナタくん、君もこっちへ来て座ってください。ヒナタくんの商品なのですから、ヒナタくんが説得したほうが、ご納得いただけるでしょう」

「は、はい！」

僕が商談に加わってもいいのかな？

僕はまだ入ったばかりの、ただのポーション師なのに。

そんな僕の不安を察したかのように、商人さんが口を開いた。

「一介のポーション師がなんのようだね？　大事な商談なんだが？」

むかっ。

直接そんなふうに言われると、さすがにちょっと傷つく。

まあでも、ここでいいところを見せて、見返してやる！

「ポーション師のヒナタと申します。一介のポーション師にすぎませんが、そちらのポーションは私がデザインしたものですので、詳しくお話しできると思いますよ？」

「ふん、一応の礼儀はなっているようだな……」

丁寧に挨拶したところ、どうやら聞く耳を持ってくれたみたいだね。

僕にはちょっとした考えがあったから、それを提案してみることにした。

「こうするのはどうですか？　こちらのポーションを買っていただければ、従来品のポーションも同数お付けします」

僕は持っていた普通のポーションを、世界樹《ユグドラシル》の果実と共に、机に並べた。

「なに？　そんなことが可能なのか？　ワシをからかっているのではあるまいな？」

「可能です。こちらの従来品のポーションは、元々捨てるはずのクズ素材から作ったものですので、実質０Ｇで量産できます」

「なんだって⁉　どうやってそんなことが……！」

「それは……僕のスキルに秘密があります。詳しくは企業秘密ですが……」

「ほう……どうやら君は、ただのそこら辺のポーション師とはわけが違うようだな……。さっきの発言は取り消さねばなるまいな？」

「いえいえ、僕は大したことはしていませんよ。ここのギルドの在庫が充実しているだけです」

商人さんの顔が、さっきとは違って穏やかなものになっていく。

あともう少しだ。

あと一押しで、商談を成立させることができるだろうね。

「それで……どうでしょう？　とりあえず売れるかどうかだけでも、様子見をしてもらえませんかね」

「でもなぁ……。うちのギルド長は厳しい人だからなぁ。無名のポーションを仕入れて、売れなかったらなんて言うか……」

「でしたら、時限独占販売契約を結ぶ、というのはどうでしょう？」

「時限独占販売契約？」

「はい。最初の半年は、あなたのギルドにのみ、こちらの商品をおろします。そうすれば、他の店と差別化も図れて、売り上げアップにもつながるでしょう？」

「うーむ、たしかに。その条件なら、うちのギルド長も納得するかもしれないなぁ」

どうやら、この条件で決定しそうだね。

勝手にいろいろと決めてしまったけれど、大丈夫だったかな……？

僕はおそるおそる、ライラさんの顔をチラリと見る。

ライラさんはアイコンタクトで応える。

どうやら大丈夫そうだね。

「ようしわかった！　契約書にサインしよう。君はポーション師としての腕もさることながら、商売の才能もあるみたいだ」

「いえいえ、商人さんが話しやすい人だったからですよ」

「はっはっは。君は本当に口が達者だなぁ。どうだい？　うちのギルドに来るってのは？」

「ははは……。遠慮しておきますよ。まだまだこのギルドで、やることがあるのでね」

「そうか。まあそうだろうね。ライラさんも君のような人を手放したくはないだろうし。まあもしも食うに困ったら、うちのギルドを思い出してくれればいい」

「そうします」

商人さんは、契約書をササっと書き、上機嫌で帰っていった。

ライラさんも笑顔で僕に向かってくる。

「いやぁヒナタくん。びっくりしましたよ。まさかヒナタくんに商才まであったなんて……！」

「いえいえ、前のギルドでも仕入れなどで、商人さんと話をすることはありましたから……。このくらい、大したことではないですよ」

「それでも、私にとっては頼もしいですよ。お恥ずかしながら、まだまだ商売のいろはというのがわかっていないもので……」

「そんなことはありませんよ。ライラさんは立派にギルド長としての役目を果たしていると思いますよ」

僕は、思わずライラさんの頭を撫《な》でていた。

光沢のあるキレイな茶髪が、犬の毛並みのようで、かわいらしい。

「……!? ヒ、ヒナタくん!?」

ライラさんは、顔を真っ赤にして跳び上がる。

そんなところもギャップがあってかわいらしいね。

「あ、す……すみません、つい。妹にいつもやっているので、クセが出てしまいました。ギルド長に対して、失礼でしたよね……」

「い、いや！　そんなことはないんですよ！　ちょっとびっくりしただけです」

「そ、そうですか……？」

「そ、その……嬉しかった……です……よ？」

「へ？」

「な、なんでもないです！」

どうやら、頭を撫でるのは特に問題ないみたいだね。

今後も積極的に撫でていこう。

でも……どうしてそんなに喜ぶんだろう？

妹は僕のことが大好きだから、撫でられて喜ぶ、というのはわかる。

でも、ライラさんが僕なんかを好きなわけがないし……。

まあいいか。

ライラさんくらいの人になると、普段撫でられるようなことなんてないのだろうな。

だからまぁ、久しぶりに撫でられて、嬉しかったのかもなぁ。

とりあえず僕は、そう結論付けた。

「それにしても……いろいろと条件を勝手に決めてしまって、申し訳ありませんでした」

「いや、それについては問題ないですよ。元々、ヒナタくんによってもたらされた利益ですしね」

「そうですか？　ならよかったです」

「とにかく、商品を売って、信用を得ていかないと、始まらないですからね。新規のギルドは、顔を売ってなんぼです」

ライラさんも、いろいろ考えているんだなぁ。

やっぱり、ギルド長という仕事は大変だ。

前のギルド長は、まあ……いろいろと問題のある人だったけど……。

いや、それはもう忘れよう。

今はライラさんがいるんだ。

僕がいなくなった医術ギルドが、どうなっているのかは、まあ気になるところだけど。

「あ、そうだ！　いいことを思いつきましたよ！」

「どうしたんですか？」

「世界樹《ユグドラシル》の果実に、アルコールバージョンを作るというのはどうでしょう？」

「アルコール入りバージョンですか……。それはいかにも、みなさん喜びそうですねぇ」

「でしょう？　ツーバージョンあれば、いろんな層に、アピールできます！」

「ですね！　さすがヒナタくん。いいアイデアを思いつきますね！」

◆

ヒナタのこのアルコール入りポーションという思いつきが、のちにギルドに莫大な利益をもたらすのだった……。

◆

【ｓｉｄｅ：ガイアック】

「おい、このクズ素材の山をなんとかしろ」

俺はキラに命令する。

「む、無理ですよ……」

「は？　どっかに引き取ってもらえ」

無能はすぐに無理と口にする。

こいつも捨ててやりたいくらいだぜ。

「そんなのできませんよ。捨てるしかないです」

「ならせめて、まともな素材を売る商人を連れてこい」

幸い、金ならまだ余裕がある。

新しく素材を買いなおせばいいだけだ。

「は、はい」

キラは急いで部屋を出ていった。

今度はまともな商人がくるといいがな……。

はたして無能なアイツにそれができるだろうか？

◇

「商人のノルワイアさんをお連れしました」

「おう、入れ」

ほどなくして、キラが新たな商人を連れてきた。

名前はなんといったかな？

長くて聞き取れなかった。

まあ、商人の名前なんて覚える気もないがな。

「あなたがギルド長のガイアックさん？」

「ああ、よろしく。座ってくれ」

「それで……ポーションの素材を買いたいとのことで？」

「そうだ。ゴミ品質のものじゃなくて、ちゃんとした素材を、だ」

「でしたら……ランク（C）のものでいかがでしょうか？」

「ふん、まあそれならいいだろう」

ランク（B）や（A）だと大量に使うには高すぎるからな。

かといって（D）や（E）だとポーション自体の質も悪くなるし、調合も失敗しやすい。

「でしたら……薬草（C）二千個で、８５０００Ｇです」

「は？　なんで薬草ごときでそんなにするんだ……？」

「え？　普通に相場の値段だと思いますが？」

「今までは１０００Ｇで買ってたぞ？　お前も１０００Ｇで売れ」

「無茶言わないでくださいよ。それは薬草（Ｆ）の値段でしょ？　このランクのはこの値段じゃないと売れないよ」

「は？　ふざけるな！　なんでポーションの素材ごときがそんな値段するんだ？　ただの草だぞ？　そんな値段だったら、俺のギルドは赤字になっちまう」

俺が声を荒らげると、商人は立ち上がって興奮しだした。

なまいきなヤツだ。

商人としての心得ができていない。

そもそも貴族で医師の俺が、商人ふぜいを相手にしてやっているんだぞ？

感謝しろ！

なのに……っ！

「あのねぇ、あんたら医師はポーションを使いすぎなんだよ。そりゃあ、それだけかかるにきまってるだろ！　こっちも慈善事業じゃないんだ」

「……っち。話の通じねぇ野郎だ……」

「あんた、メリダさんにも酷い対応をしたって言うじゃないか」

「は？　誰だ、ソイツ？」

「……なっ⁉」

「先日の商人のことです。ギルド長が追い返した……」

レナが耳打ちで教えてくれる。

頭は悪いが気が利く女だ。

「メリダ……？　ああ、メリダね。あのバカなら俺の言うことを聞かないから追い返したよ。まったく、いけ好かない野郎だ。俺を騙してクズ素材を売りつけやがった。あんたもアイツには騙されないように気をつけな」

「いけ好かないのはアンタだ！」

「なに……!?　商人の分際で、なんのつもりだ!?」

「商人たちはみんなうんざりしているんですよ。アンタのような貴族にはね！　もうアンタの悪名は商人界隈に広がっているんですからね？　もう誰もアンタとは取引しないだろうよ。少なくともまともなところはね」

なんだ!?

商人というのはどいつもこいつも。

金があればいいんじゃなかったのか？

誰が金を出してやっていると思ってる？

「悪徳貴族め！　アンタなんかいなくても、善良な貴族とだけ取引していれば、十分に利益は出るんだよ！　もう二度とアンタの顔は見たくないね！」

「うるさい！　商人のクズめ！　出ていけ！」

俺は手当たり次第に、そこらの物を投げつける。

いつのまにか商人はどこかへ消えていた。

「はぁ……はぁ……」

「大丈夫ですか……？　ギルド長」

「これが大丈夫に見えるか？」

「す、すみません！」

「くそっ！　とにかく素材は必要だ。他の商人を呼べ」

「ですが、もううちのギルドと取引してくれるようなところは……」

「なぜだ⁉」

「それは……ギルド長が追い返したりするからです」

「俺のせいだというのか⁉」

「い、いえ……」

くそ……。

どいつもこいつも。

俺のことを追い詰める。

なぜだ……？

いつからおかしくなったのだろう？

アイツを追い出してからか……？

ポーション師のヒナタ……。

いや、そんなはずはない！

あんなゴミクズ一人いなくても、俺のギルドは安泰だ。

「とにかく商人を連れてこい！　どんなヤツでも構わない！　裏のルートからでも引っ張ってこい！」

「は、はい！」

そうだ……。

なにも表の商人だけが商人ではない。

特に、医師なんかは、裏の世界と通じてる者も多いと聞く。

臓器売買や、人身売買なんかで……。

それができてこそ、一人前の医師だとかも言われていたりするほどだ。

とうとう俺も、一流の医師の仲間入りというわけだ。

「ふっふっふっふっふ……」

◇

「ギルド長、商人のダクワさんをお連れしました」

今度こそ、まともなヤツなんだろうな……？

「よし、入れ」

裏の商人は、いかにもな怪しい見た目の男だった。

「よろしくお願いいたします、ギルド長。どうやら表の商人たちからは総スカンだそうで」

「うるさい。薬草を売るのか売らないのか、どっちなんだ？」

「まあまあ、落ち着いてください。商品でしたらいくらでも売りますよ。私ども裏の商人は、細かいことは気にしないんでね……」

「そうか、それはよかった。俺も細かいことは好きじゃない」

裏の商人たちは、独自のルートをもっているそうだ。

そして、汚い方法とかも使って仕入れをしている。

だから格安で売ってくれたりもすると聞いている。

俺は内心、期待していた。

「で、いくらなんだ？　薬草（C）を二千個だ」

「はい、それでしたら……10000Gになります」

「なに!?　表の相場よりも高いじゃないか！　裏の商人のくせに、なんでそんな高いんだ!?」

「文句があるなら、表の商人から買えばいいじゃないですか。ああ、売ってもらえないんでしたっけ？」

「キサマ……！　足元見やがって……！」

「いえ、別にいいんですよ？　値段に納得いかないのであれば、買わなくても」

くそ、そんな値段……おかしいだろ！

元の値段より高くなってる……。

あのとき素直に表の商人から買っていれば……。

いや、それだけは絶対にない。

俺はムカつくヤツには絶対に媚びない！

「ギルド長……。多少高くても、この人から買わないと……。ポーションが作れなくなります」

レナのヤツが俺に耳打ちしてくる。

「うるさい！　わかっている」

「それで、買うのですか？　買わないのですか？」

「もういい！　その値段で買ってやろう……。少々癪《しゃく》だがな……仕方がない」

「まいど！　お買い上げ、ありがとうございます」

裏の商人は、ニヤリとアコギな笑みを浮かべた。

まったく……散々な目にあったぜ。

◆

こうして、結局ガイアックは、ポーションの素材に、大量の出費をするハメになったのであった。

そしてこれがきっかけとなり、とんでもない事件が起きるのである……！

◆

【ｓｉｄｅ：ヒナタ】

ギルドで仕事をしていたある日。

倉庫から出ていくと、先日の商人さんがライラさんと話をしていた。

僕のポーションを買ってくれた、あの商人さんだね。

たしか……名前はゲリョンさんだったっけ。

「やあヒナタくん。君の作ったあのポーション、非常に好評でね。他の店でもあれを仕入れたいとみんな言ってるんだ」

「ホントですか⁉　それはよかったです」

「でもうちに独占権があるから、しばらくはみんなからの羨望の目を楽しめるよ。それもこれも、君のおかげだな」

「ははは、ありがとうございます」

「うちの系列の店におろすのは、構わないだろうか？」

「ええ、それはもちろん。存分に売りまくってくださいな」

「そうか、それはよかった。ではわしはこの辺で、失礼するよ」

「またなにかありましたら、いつでもどうぞ」

僕はライラさんと二人して、商人さんを見送る。

商人さんが去ったあと、ライラさんが僕に向き直り、言った。

「やりましたねぇ！　ヒナタくん。かなりの利益になってますよ！」

「ライラさんのお役に立てて、僕も嬉しいです」

「ヒナタくんのおかげで、うちのギルドにも、かなり余裕がでてきました。本当にありがとうございます」

「僕のほうこそ、あの日、ライラさんに出会わなければ、どうなっていたか……。ライラさんは、僕の運命の人ですね……！」

「う、運命の人!?　ですか!?　そ、そうですね……。そうかもしれませんね……！」

「……？」

なぜ、そこで顔を赤くするのだろう？

ライラさんはたまによくわからない反応をする。

まあそこもかわいらしいところだね。

年上の女性、しかも上司に、かわいらしいなんてどうかとも思うけど。

それでもホントにかわいいとしか言いようがないのも事実だ。

「うぉほん！　そ、それで……頑張っているヒナタくんに、私からプレゼントがあります」

「プレゼント……ですか？」

「ギルドから、ポーション調合のための研究予算を出します。それでいろいろなポーションを作って、試してみてください。もちろん、出荷に影響のない範囲であれば、倉庫の素材は自由に使って構いません」

「研究予算ですか⁉　いいんですか⁉」

世界樹《ユグドラシル》の倉庫には、たくさんの種類の素材がそろっている。

あれだけあれば、なにかすごいポーションを作れるかもしれない。

ポーションを探究したいという、かねてからの僕の夢が叶うわけだね！

「ええ、それに……妹さんのこともあるでしょう？　ポーションを研究していれば、ちょっとでも妹さんの病気を治すことに、近づくのではないかと、そう思うんです」

「ライラさん……。僕のために、そこまで考えてくれたんですね……」

「ヒナタくんはもう、私にとって、特別な……大切な人ですからね。その大切な人の妹さんも、私にとって大切な人です」

「た、大切な人ですか……！」

なんだか、僕の顔が熱くなるのを感じる。

もちろん、深い意味はないんだろうけど……。

だってライラさんはギルド長で、みんなのリーダーだからね。

あくまでギルドの一員として、大切という意味だろう。

「あ、あの！　他意はないんですよ！　ただ、大切、というだけです！　……って、私、なに言ってるんでしょう？　アハハハハハ……」

「で、ですよねー！　やっぱり！　大丈夫ですよ！　変な誤解とか、ぜんぜん、してないですよ！　ホントです。僕も、そのへんはちゃんとわきまえてますから！」

なんだか、さっきから変な雰囲気になってしまう。

どうしてだろう？

ライラさんと会話すると、どうも最近調子がおかしい。

「そ、そうだ！　他にもプレゼントがあるんですよ！」

「え、まだあるんですか？」

「はい。今日は、これでお仕事終わりです。たまには早めに帰って、ゆっくり休んでください。それと、しばらく……そうですね……三日くらい、お休みして構いません」

「え、そんなに⁉　大丈夫なんですか？」

「もちろん！　ヒナタくんはいつも頑張りすぎなくらいですからね！　それに、たまには妹さんと、ゆっくり過ごしてあげてください！」

「ライラさん……！　本当になにからなにまで……。ありがとうございます！」

「いえいえ、お礼を言うのはこちらですよ」

本当にライラさんはいい人だ。

上司一つでここまで変わるなんてなぁ。

ライラさんの厚意に甘えて、僕はさっそく家へと帰った。

久しぶりに家で妹たちとゆっくりしよう。

それに、研究ができるようになったっていう、いい報告もできるしね！

◇

「ただいまー」

「あれ？　今日はずいぶんと早いおかえりですのね、お兄様」

「あ、アサガオちゃん。ただいま」

「まさか……またクビになったんですの⁉」

「ち、違うから！　安心して、休みをもらえただけだよ」

「そ、そう。それはよかったですね。ヒナギクも喜びますわ」

危ない危ない。

アサガオちゃんにいらない心配をかけてしまった。

もっとしっかりしないとね。

「兄さん……？　おかえり、なの」

「ああ、ヒナギク。ただいま」

ヒナギクは、ふらふらした足取りで、僕に近づいてくる。

そしてそのまま、僕に寄りかかる形で、倒れかかってきた。

僕は慌てて受け止める。

「おっと……。ダメじゃないか、寝てないと」

「えへへ……。兄さんに抱っこしてもらいにきたのー」

「もう、ヒナギクは甘えんぼさんですの！」

「さ、いい子だからベッドに戻ろうね？」

「わかったなのー。兄さんが連れていくなのー」

「はいはい。わかったわかった」

僕は抱っこしたヒナギクを、ベッドまで連れていく。

持ち上げるとわかるけど、異常なほど軽い。

それに、力なく寄りかかってくるようすは、見ていて痛々しい。

力の入ってない人体を持ち上げるのは奇妙な感覚がする。

まるで死体か人形でも持っているかのような……。

そういったことの一つ一つが、彼女の病状の重さを、深刻に物語っている。

一刻も早く、ヒナギクを病気から救ってやりたい！

僕は彼女をベッドに寝かせながら、改めてそう、決意するのであった。

「いい子だね。さ、お茶を飲んだら、また寝るんだよ？」

「はいなのー」

ヒナギクは素直ないい子だ。

昔はもっとヤンチャなおてんば娘だったっけ。

病気が、彼女のそういった部分を弱らしてしまったのかもしれない。

僕は彼女のために煎じたお茶を、ゆっくり飲ませてやる。

どれほど効果があるかわからないけど、なにもしないよりましだ。

こういった薬効のあるお茶、それからポーション、栄養のある食事。

いろいろと試してはいるけど、どれも目に見えるような効果はない。

「さ、これで安心だ」

僕は頭をなでてやる。

すると安心したのか、すぐに小さな寝息が聞こえてきた。

「ふぅ……」

僕はそのかわいい寝顔を前に、ひとりごつ。

「兄さんが……救ってみせるからな！　絶対に……！」

◇

「ヒナギクは……寝ましたの？」

「うん、ぐっすりとね」

僕とアサガオちゃんは、食卓に向かい合って座り、スープを飲む。

アサガオちゃんが作ってくれていた、栄養満点の野菜スープだ。

「そうだ……！　今日、研究予算が下りたんだ。これで、ヒナギクの薬を研究できるよ！」

「そう、それはよかったですわね」

「絶対に、僕が救ってみせるよ！　アサガオちゃんにも苦労をかけるけど、もうちょっとだから

ね！」

「あまり無理はしないでくださいませ？　お兄様……」

「うん、ほどほどに頑張るよ」

「もうお兄様は十分に頑張っていますわ……！　十分すぎるほど……」

アサガオちゃんは、立ち上がり、僕の横に来て、頭をなでてくれた。

スープで体が温まって、なんだか眠くなってきた。

「ベッドに……行かなくちゃ……」

僕はそのまま机に突っ伏して、目を閉じた。

「今は、ゆっくり、おやすみなさい。お兄様……」

曖昧《あいまい》な意識の中で、アサガオちゃんが僕に毛布をかけてくれたような気がする。

◇

それ以降の記憶は……覚えてない。

ただ、起きたときにもそばにアサガオちゃんがいてくれて。

それが妙に嬉しかった。

言い知れぬ安心感があった。

なんだか、言わないでも、彼女はずっとそこにいてくれたような気がする。

暖炉の前で裁縫の内職をしながら、僕にほほ笑みかけてくれていた。

こうして、ヒナタの研究がスタートする。

彼が歴史に残る大発見をすることを、この時点では、まだ誰も知らない……。

◆

◆

【ｓｉｄｅ：ガイアック】

とりあえずポーションの素材はそろった。

少々イタい出費だったがな……。

だがそれも、患者を救うためと思えば仕方がないだろう。

「それにしても、このクズ素材の山をどうするかだな……」

新しくまともな素材を買いなおしたとはいえ、倉庫にはまだ大量のゴミが余ってしまっている。

なんとかこれを有効活用したいところだが……。

「俺にいい考えがある。ザコッグを呼べ」

「はい」

キラに命令をし、なじみの医師を呼び出す。

ザコッグは医師というより、俺の舎弟のような男だ。

今は別の医術ギルドで、ギルド長をしている。

まあ俺のギルドにはてんで敵わないがな！

ガッハッハ。

「なんでしょう……ガイアックさん……？」

「おう、よく来たな、ザコッグ。久しぶりじゃないか」

ザコッグはおびえたようすで、イスにこしかける。

そんなにおびえなくてもいいのにな。

まあ、小さいころから殴ったりしてたからなぁ……。

それもこれも、コイツが弱いのが悪いのだが。

「今日お前を呼んだのは、他でもない。お前にプレゼントがあるのだ」

「は、はぁ……プレゼント、ですか」

「そうだ、よろこべ。俺がプレゼントをやるなど相当だぞ？」

「そ、そうですね。初めてのことです」

「お前のギルドは金がないから、ポーションの素材にも困ってるだろう？」

「ええまあ、なんとか、ギリギリでやっています」

「うちでポーションの素材が余っているんだ。格安で譲ってやろう」

「ホントですか⁉　それはありがたいです」

はっはっは。

ザコッグめ、まんまと食いつきおった。

俺の策略はやっぱり完璧だ。

「薬草六千個を、６００００Ｇでどうだ？」

「え、そんなに安くていいんですか？」

「ああ、いいとも！　俺とお前の仲じゃないか」

「ガイアックさん……！　怖い人だと思っていたけど……ホントにありがとうございます！」

「あ？　お前今悪口言わなかったか？」

「い、いえ……そんな！　気のせいですよ」

「そうか」

俺はさっさと商談をすすめ、相手の気が変わらないうちに、サインをさせた。

これでもうこっちのもんだ。

あとからなにを言われても、文句を言われる筋合いはない。

「じゃあ、あとでお前のギルドに送るよ」

「はい、よろしくお願いします」

ザコッグは、うきうきした足取りで帰っていった。

自分が騙されているとも知らずにな！

バカな男だ。

◇

翌日、ザコッグが血相を変えてギルドの門を叩いた。

やっぱりな……。

だがムダだ！

俺は完全に理論武装しているッ！

「ちょっと！　ガイアックさん！　どういうことですか⁉」

「ん？　どうかしたか？　ザコッグ」

「いただいたポーションの素材、全部ランク（Ｆ）のゴミじゃないですか！」

「だからどうしたというのだ？　契約書には、一切の文句は受け付けないと書いてあるが？」

「そんな……！　あんた、初めからわかっていて俺を騙したわけか⁉」

「騙したとは人聞きが悪いなぁ。商品の状態をあらかじめ確認しなかったお前が悪いのでは？」

「う！　たしかに……。でもそんなのあんまりですよ！」

「は？　自分のミスを俺に押し付けるのか？」

「自分のミスを俺に押し付けたのは、ガイアックさん、アナタじゃないか！」

「ふん、知らんな。自分の無能っぷりを悔いるがいい」

「そんな！　これじゃあうちのギルドは潰れてしまう……！」

「そうか。おかげで俺のギルドは安泰だ。よかったよかった」

俺はそのまま暴れるザコッグを追い出し、ギルドの門にカギをかけた。

まだ門の前でなにやら言っているが、まあそのうち帰るだろう。

正直、あんなヤツの弱小ギルド、どうなったところで構いやしない。

俺としては競合ギルドが減って、いいことずくめだ。

さすが、ガイアックさんは天才だぜ！

◆

ガイアックの策略により、窮地《きゅうち》に立たされたザコッグ。

しかしそんな彼を、ヒナタが救うことになろうとは……！

◆

【ｓｉｄｅ：ザコッグ】

「はあ……困ったなぁ……」

俺はガイアックから押し付けられた、大量のクズ素材の山を前に、うなだれる。

薬草（Ｆ）六千個を、６０００Ｇかぁ……。

自分でも、呆れるほどぼったくられたものだな。

まさかランク（Ｆ）を売りつけられるとは……。

「くそ！　あのガイアックの野郎！　許せねぇっスよ！」

他のギルドメンバーたちも、ガイアックへの怒りをあらわにする。

俺の不注意のせいで、こうなったというのに……。

それでも俺のことなんか恨み言一つ言いもせずに、擁護してくれた。

なんていいヤツらなんだッ……！

そして、だからこそ……！

俺はこのギルドを守らなくてはならないッ！

ギルド長として！

「なんとかならないかな……？」

「俺、近隣の商業ギルドにも、相談してみるっス！」

「ありがとう！　頼むよ」

俺たちは手分けして、なんとかこのクズ素材の山を処分できないか、考えた。

それはもう……藁にも縋る思いで！

◇

「ザコッグさん！　一つ、協力してくれるかもしれないギルドが！」

「なに⁉　本当か？」

まさか……⁉

クズ素材の山をどうにかしてくれるのか？

いや、そんなうまい話はないだろうが……。

それでも、一縷の望みにかけたい！

「ライラさんという方が、最近立ち上げた商業ギルドで、世界樹《ユグドラシル》というギルドなんスけど……知ってますか？」

「いや、知らないな……。だがそんなことはどうでもいい！　今は誰だろうと構わない！　無名のギルドだろうと、助けてくれるのなら、神にも等しい存在だ」

「ですね！　さっそく、会談をとりつけます」

「そうしてくれ」

◇

「こんにちは、世界樹《ユグドラシル》のポーション師、ヒナタ・ラリアークです」

やってきたのは、ギルド長ではなく、ポーション師の青年だ。

ずいぶんと若い印象を受ける。

だが、見た目もキレイで、物腰も柔らか。

絵にかいたような好青年といった感じだ。

「東区医術ギルドのギルド長、ザコッグです。この度は、本当に、なんといったらいいか」

「いえ、困ったときは、お互い様ですから」

若いのに、礼儀正しく、しっかりとした人だ。

一人でやってきたということは、ギルド長からの信頼も厚いのだろう。

「実は……薬草（Ｆ）が六千個ほど、余ってしまって……。うちのギルドは倒産の危機なんです」

「そうですか……それは大変ですねぇ」

「正直、これを解決してもらえるなら……なにをしたっていいくらいで……。もうほとほと困り果てているのですよ」

「でしたら……」

と、ヒナタと名乗ったその若いポーション師は、口を開く。

俺にはその後、彼が放った言葉が、どうしても信じられなかった。

だって……そんなこと、ありえないと思ったから……。


「でしたら………うちで、買い取りますよ」


「は……？」

？？？？？？？？？

俺には本当に意味がわからなかった。

なんで？

どういうことだ？

「ですから、その薬草（F）が六千個をうちで買い取ります」

「え？」

「そうですねぇ……3000Gでいかがです？」

「は、はい……」

「では、そういうことで。僕はこれで……」

「ちょ、ちょちょちょちょっと待って！」

「はい？」

「いいいいいいいんですか⁉」

「なにがですか？」

「だって、薬草（F）ですよ？　使いものにならないんですよ⁉」

「ええ、まあ……」

「そんな……嘘だろ……。あんたは神様か⁉」

「あはは……まあ、うちでなんとか活用しますよ」

「そんなことができるのか⁉　世界樹《ユグドラシル》……なんてすごいギルドなんだ⁉」

まさかそんなすごいギルドが、まだ無名のままなんてな。

俺は、歴史の一片を垣間見ているのかもしれない。

「詳しくは企業秘密ですけど、僕のスキルでね……」

「あんたは神様か⁉」

たたずまいからして、ただのポーション師じゃないとは思っていたが……。

まさかこんな若者が、そんなすごいスキルを持っているなんて！

「ほ、本当にいいんですか⁉」

「だから、そう言ってるじゃないですか」

「あああ……！　あんたは本当に命の恩人だ！」

「大げさですよ」

「困ったことがあったら、この俺、ザコッグを頼ってくれ！」

「ええ、そうします」

「きっとだぞ！」

俺としては名残惜しかったが、彼はいそがしそうに帰っていった。

きっとまだまだやることがあるのだろうな！

彼ほどのポーション師だ！

ポーション師ヒナタ……。

俺はその名を、一生胸に刻むことにした。

窮地を救ってもらっただけでなく、金までもらえるなんて！

彼と彼のギルドには、頭が上がらないな……。

◆

こうしてヒナタはまた一人の人間を救った。

ヒナタ自身はそのことをそれほど理解していないが、これはザコッグにとっては、忘れられない出来事となる。

こうした人の輪が、まわりまわって、自分自身を救うことになるのだ……。

第三章　孤児院を救おう

【ｓｉｄｅ：ガイアック】

「お願いです！　助けてください！」

なにやらギルドの外が騒がしい。

いったいなにがあったんだ？

「おい、どうかしたのか？」

「それが……孤児院の者がやってきて、外で助けてくれと騒いでるのです」

「なに？　金もないのにか？」

「そうです。まったく、迷惑な連中ですよ……」

なおも外の声は大きくなり……。

――ドンドンドン！

扉を叩く音もうるさくなる。

「おい、外の連中を黙らせろ！」

「はい！」

キラは窓を開けて、孤児院のみすぼらしいシスターに呼びかける。

二階の部屋から玄関前にいるシスターを見下ろすようすは、まるでそのまま社会階級の差を表しているようだった。

「金がないのなら治療はできない！　ギルド長も迷惑されている、帰れ！」

「そんな！　お願いです！　孤児たちが熱を出して死にそうなのです！」

シスターはやつれた孤児を抱えて、地面に頭をすりつけて、祈るように懇願している。

いい気味だ。

貧乏人にお似合いの様相といえる。

「孤児がいくら死のうが俺たちのしったことではない。こっちも慈善事業でやっているわけではないのでな」

「お礼ならいくらでもいたします！　ギルドの草むしりや雑用など、孤児の熱が下がったら手伝わせますから！」

「は？　ここは医術ギルドだぞ？　孤児のような汚れた存在が立ち入っていい場所ではないが？　たいせつな貴族の患者さまに、病気がうつったりしたらどうしてくれるんだ？」

「そんな……ひどいです！　神はこのことをご覧になられていますよ？」

「ひどいのはキサマらだ。金もださずに口だけは達者なのだな？　アバズレめ」

「お望みとあらばこのわたくしの身体をささげても構いません！　ですからどうか子供たちの命だけはお救いください！」

「お前のようなガリガリの、貧相な身体の貧乏人、そんな価値ないのだが？　こっちは貴族で医師なのだぞ？　女には苦労していない。なにを言っても無駄だ！　帰れ帰れ！」

「うう……」

シスターはボロボロの身体を引きずって、とぼとぼと帰っていった。

キラがこっぴどく追い返してくれたからな、これでもうやってこないだろう。

「よくやってくれた、キラ」

「はい、ありがとうございます、ギルド長。あいつらはこの街に巣くうガンみたいなヤツらですからね、容赦はいりませんよ。一回でも助ければ、つけあがってなんでも要求するようになるに違いません」

「おう、そうだな」

◇

だが俺の予想、希望、に反して……。

翌日もシスターはやってきた。

しかも俺が出勤してくるのにあわせて、待ち伏せをしていたのだ。

「待ってください！　お願いします！　なんでもしますから！」

「うるさい！」

わざわざ待ち伏せまでしてくるとは、さすがは貧乏人だな。

すると、あろうことか、シスターは俺の腕をつかんできた。

「触るな！　薄汚いゴミムシめ！」

「キャっ！」

俺は急いで払いのける。

シスターは吹っ飛ばされて尻もちをついた。

彼女はそのまま建物の角に身体をぶつけ、その場に倒れる。

どうやら軽く脳しんとうを起こしたようだな……。

ま、この程度ならほっといても命に別状はないだろう。

だがこんなところで寝られては邪魔だ。

「おい、キラ。このゴミを片付けておいてくれ」

俺は出勤してきたばかりのキラに命令する。

「はい、わかりました」

キラは意識がもうろうとしているシスターを、道の端に押しやる。

「これでよし」

さあ、ゴミは片付いたことだし、今日の仕事を始めようか。

俺たち医師には救わなきゃならない人がいる。

ああ、人の役に立つ仕事って最高だ。

感謝されて金をもらえる。

こんな気持ちのいい、すがすがしい高潔な仕事は他にはない！

それなのに朝から嫌な気分を味わったぜ。

ポーション師だとか孤児院のシスターだとか、そういった平民と同じ空気を吸うだけでイライラする。

まあ、金さえ出せば、平民でも救ってやらんこともないがな！

ガッハッハ。

◆

孤児院のシスターをひどく追い返したガイアック。

だが意識を失ったシスターを、ヒナタが見つけて救うまで、それほど時間はかからないのであった。

そしてガイアックはまたしてもその悪行を恥じず、どん底への階段を、一歩、また一歩と下っていくのであった……。

◆

【ｓｉｄｅ：ヒナタ】

ある日僕がギルドへ向かう途中、道ばたに倒れている人を見かけた。

ボロボロな服を着てるけど、どうしたんだろう？

服装を見るに、どうやらシスターさんみたいだね。
「あの……大丈夫ですか⁉」
「う……」
身体を揺さぶってみるが、返事はない。
病院に連れていかなきゃ！
ここからなら……。
以前僕が勤めていた、医術ギルドが近くにある。
でも、おそらくギルド長は彼女を助けてはくれないだろうね。
服が汚れているし、見るからにお金もない。
僕だってそこまでのお金は出せないし……。
それに、ガイアックギルド長の手を借りるのは、僕としても癪だ。
なら、世界樹《ユグドラシル》に連れていくのが一番だな。
倉庫には多種多様なポーションがそろっているし……。
この程度なら僕のポーションで治るだろう。

◇

【side：シスターマリア】

「う……ここは……？」

私は眠りから目を覚ました。

目がまだ明かりに慣れなくてまぶしい。

たしか……医術ギルドに助けを求めに行って……それから……？

えっと……よく思い出せない。

「あ、目覚めましたか……？」

声のしたほうを見ると、一人の青年が立っていた。

年は若いが、しっかりしたたたずまいの、見るからに優しそうな人物です。

きっと彼がわたくしをベッドまで運んでくれたのでしょう。

「えっと、ここは……？」

「ここは商業ギルド、世界樹《ユグドラシル》です。僕はポーション師のヒナタです」

「ヒナタさん、ですか。どうやら介抱していただいたみたいで。ありがとうございます」

「いえいえ、軽い打撲でしたので、上級回復ポーションで一発でしたよ！」

「じょ……上級回復ポーション⁉　そんな高価なものを⁉　いったいどうやってお返しをすれば……」

「そんな！　お返しなんていらないですよ！　僕が勝手にしたことですし……」

ああ神様……。

彼はなんと素晴らしい人物なのでしょうか。

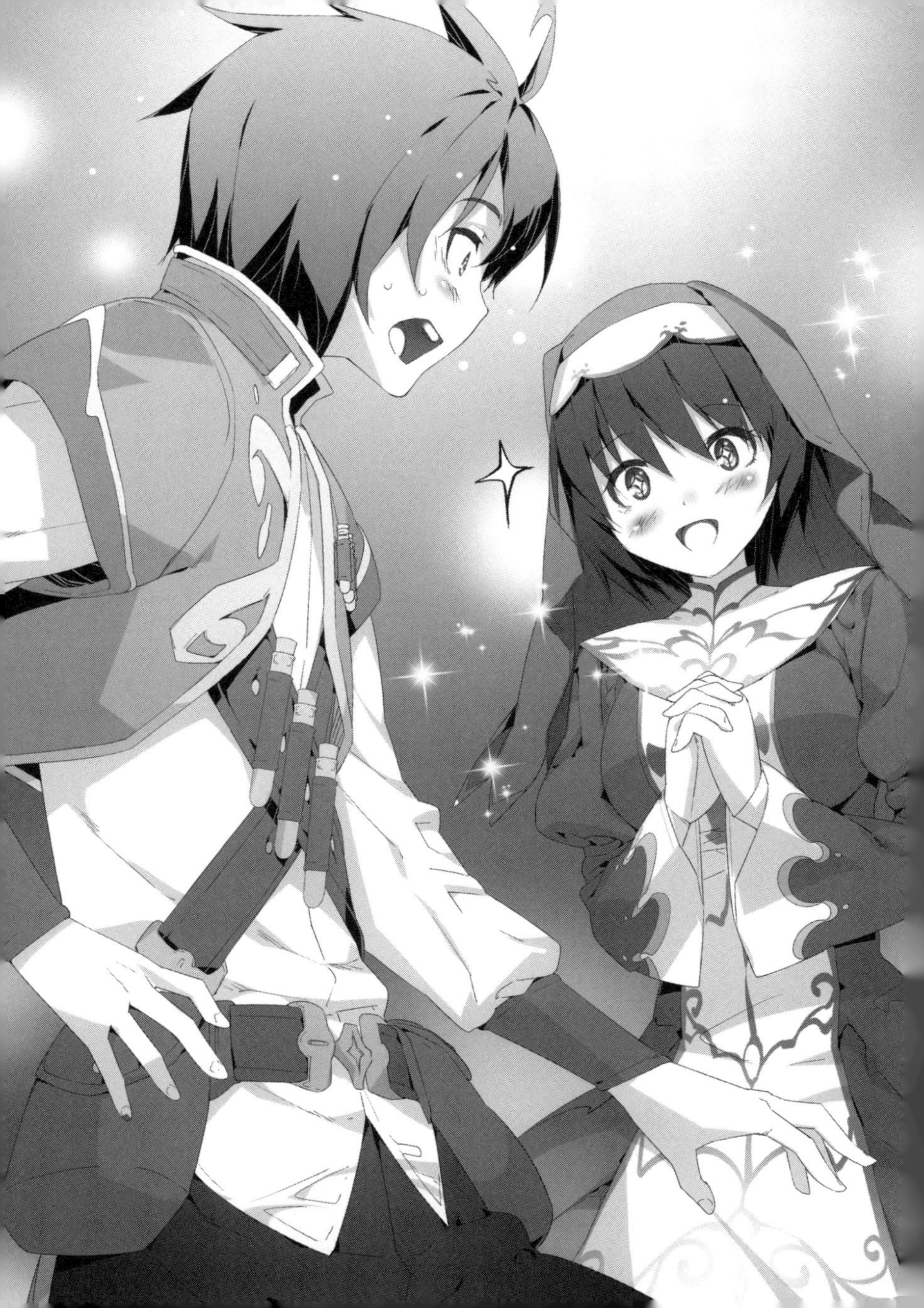

見ず知らずのわたくしを救っておきながら、一切の見返りを求めないなんて！

きっと神様がつかわしてくださった天使に違いありません！

「ヒナタさま！　わたくしを娶っていただけますか⁉」

「はい⁉」

「ですから、わたくしと結婚を！」

「なんでそうなるんですか⁉」

「わたくしにはそのくらいしかお返しできる方法が思いつきません……。大丈夫です。わたくしこう見えて、キレイに着飾ればそこそこの見栄えになりますよ？」

「た、たしかに、シスターさんはお綺麗な方だとは思いますが……！　そういうことではなくてですね！」

どうしたのでしょうか……？

きっと照れていらっしゃるのね。

まあそれも時間の問題です。

いずれ振り向かせてみせますわ！

「あの……シスターさん。頭を打ったせいで、ちょっと気が動転しているのでは？　まだゆっくり休んだほうがいいですよ」

「む、失礼な。わたくしは正常ですよ？　それに、シスターさんではなく、シスターマリアです」

「シ、シスターマリア。まだ安静にしておいてください。いちおう病人なんですから」

「まあたしかにそうですね。ヒナタさまのおっしゃることも一理あります。ちょっと急ぎすぎたかもしれませんね……」

「そうですよ、目を覚ましていきなり求婚なんて、普通じゃありませんよ……」

「そうでしょうか？　わたくしはあなたさまに命を救われたのですよ？」

「ははは……大げさですよ」

「まあ、なにはともあれ、あらためてお礼を申し上げますわ」

そういえば……。

なにか大切なことを忘れている気がする。

そもそもわたくしはなぜ、このようなことに……？

「……あ！」

「どうしたんですか⁉」

「ヒナタさま、わたくし、今すぐに孤児院へ帰らねばなりません！」

「ダメですよ、まだ寝てなきゃ！」

「そうもいきません。孤児院の子供たちが、今も熱でうなされているのです。きっとわたくしの帰りを待っているに違いませんわ！」

◇

【side：ヒナタ】

「そういう事情があったんですか……」

僕はシスターマリアから、ことのあらすじを聞いた。

どうやらガイアックギルド長に、ひどい目にあわされたみたいだね。

そのへんは僕も親近感を覚えるところだ。

「でしたら、僕が力になりますよ……！」

「え？　どういうことでしょうか」

「ちょうど先日、薬草（F）を六千個ほど大量に入荷したところだったんです。引き受けたはいいものの、ちょっと劣化が進んでいて、売り物にするにはどうだろう？　と思っていたところなんですよ」

「はぁ……」

「ですから、世界樹《ユグドラシル》から孤児院へ、下級回復ポーション（E）六千個を寄付する……ということでどうでしょう？」

我ながら、いいアイデアだと思う。

風邪による発熱ていどなら、あまりランクの高くないポーションでも、なんとかなる。

それに、六千個もあれば、複数使用することで、かなりの病状まで対応できるはずだ。

「そ、そんな……嘘でしょう？」

「え？　足りませんでしたか？」

「と、とんでもない！　わたくしども、孤児院のものが、そんなにほどこしを受けてしまっていいのでしょうか⁉」

「ええ、こちらとしては、受け取っていただけるとありがたいのですが」

「ヒナタさま……あなたはまさに神様のつかい……いえ、神様そのものですわ！」

「ええ⁉　もう、大げさですって」

「わたくしを救っていただいただけでなく、孤児までお救いいただけるなんて！」

「まあ、僕も子供たちには元気で、そして笑顔でいてもらいたいですからね」

妹のこともあるし、できればこの世から、悲しむ子供たちをなくしたい。

すべての子供たちを幸せにすることはできないだろうけど……。

せめて僕に救える範囲は、なんとか手を差し伸べたい。

「では、そういうことで。さっそく孤児院に行きましょうか！」

「ヒナタさま……！　やっぱりステキです！」

「ははは……。でもその前に、ポーションを用意しないといけませんね」

「今から……ですか？」

「ええ、すぐに作ってしまいますので」

「……って、六千個ですよ⁉　そんなこと……できるんですか？」

「ええまあ薬品調合《ポーションクリエイト》を使えば、三十分くらいで」

「ヒナタさま……あなたホントに何者なんですか……？」

僕とシスターマリアが病室で会話していると、ライラさんが通りかかった。

なにか用があるのかな？

シスターの件は伝えてあるはずだけど……。

「ヒナタくん。君にお客さんですよ……？」

「お客さん……？　誰だろう？」

ライラさんの後ろから登場したのは、先日僕が薬草六千個を買い取った相手。

医術ギルドのザコッグさんだった。

「あれ、ザコッグさん。どうしたんですか？」

「やあヒナタさん。この前はどうも。助かりましたよ本当に！」

「それはよかったです」

「今日はお礼に来たんです。あれから、なんとか経営も持ち直しました」

「そんな、お礼なんていいのに」

「そう言わずに、受け取ってください。きっとお役に立つと思いますよ？」

「これは……!?」

ザコッグさんが取り出したのはスライムコアだった。

下級回復ポーションを作るのに必要な素材の一つだね。

「ちょうど今、孤児院のためにポーションを作るところだったので、助かります」

「そうなんですか！　いやぁヒナタさんはいつも誰かを救っていますね。見習わねば」

「たまたまですよ」

ザコッグさんの登場で、さらにポーションの経費を削減できたね。

やっぱり、人助けはまわりまわって、こういういいことにつながるね。

「では、僕はポーションができ次第、孤児院へ伺いますので、シスターさんは先に行って子供たちのようすを見てあげてください」

「わかりました」

「と、言いたいところですけど、正直まだ体の調子を考えると、動かないほうがいいですよね？」

「え？　わたくしでしたらもう大丈夫ですよ！」

「でも、やっぱり僕としてはシスターさんも心配なんです」

「ヒナタさま……。こんなわたくしのことをそこまで案じていただけるなんて……！」

それはそれとして、子供たちのことももちろん心配だ。

きっとなかなかシスターが帰ってこなくて、不安な気持ちで待っているのだろう。

熱を出して苦しんでいる子もいるのだし、早く行ってあげたい。

「でしたら、私が行きましょうか？」

そう名乗りを上げたのは、他でもないライラさんだった。

「え？　いいんですか？　ライラさん。忙しいんじゃないですか？」

「今日はもう大丈夫ですよ。それに、ヒナタくんが困っているのを、ほっとけないじゃないですか！」

「でしたら、助かります！　すみません、ライラさんは上司なのに……」

「いいんですよ！　私はヒナタくんのためならなんだってしますって！　だからいつでも頼ってください ね……？」

うう……ライラさん。

なんていい人なんだろうか……！

「では後ほど」

「はい、後ほど……」

軽くアイコンタクトをしあったあと、ライラさんは孤児院へと出かけていった。

「いやぁ、ライラさんとヒナタさん。まるで夫婦のように息ぴったりだ！」

「もう、からかわないでくださいよ、ザコッグさん！」

僕は照れるどころか、そんなことありえないことすぎて、想像もつかない。

だってライラさんは貴族で、ギルド長で、美人で……。

「むー……ヒナタさま。わたくしというものがありながら……！」

「だからシスターさんは落ち着いてくださいって！」

「ははは……ヒナタさんはモテますねぇ……うらやましいですよ」

「そうなんですかねぇ……？」

僕はザコッグさんの反応が、どうもいまいち腑に落ちないでいるのであった。

◇

【side：ライラ】

まったく、なんなのでしょうかあのシスターさんは？

私のヒナタくんを見る目が、まるで獲物を追う狩人でした……。

これは先手を打つ必要がありますねぇ。

「ここが孤児院ですか……」

それにしても、ボロボロですね……。

孤児たちの衛生状況や栄養状態が心配です。

そりゃあ病気にもなるって話ですよね。

「おじゃましまーす……って、ケホッ！　ケホッ！」

ホコリがすごいです。

カビ臭いし、すごい湿気……。

「……!?」

大変です……！

大広間に無造作に並んだ布団からは、異臭が漂っています。

熱でうなされ、動けない孤児たちが、一晩ほうっておかれたのですものね……。

とりあえず、私に今できることは、身体を拭いて清潔にしてあげることくらいですかね。

それから、温かい食べ物を用意してあげなくては！

食材があればいいですが……。

「ヒナタくん……！　早く来てください……！」

◇

「……ふう。こんなもんですかね」

私はとりあえず孤児たちに簡単な世話をしました。

幸い、まだみんなおかゆを食べられるだけの気力はあるようです。

「ライラさーん！　お待たせしましたー！」

「ヒナタくん！」

するとちょうど、ヒナタくんがポーションを持ってやってきました。

思ったよりずいぶん早い登場ですね。

「もうポーションの調合が終わったんですか……!?」

「ええ、急いで作りましたから」

「さっそく孤児たちに飲ませましょう……！」

私たちは手分けしてポーションを飲ませていきました。

一口飲ませると、衰弱しきっていた身体に、みるみるうちに力がみなぎってきます！

「ありがと……おねえちゃん……」

「早く元気になってくださいね……」

よかった、話せるようになったみたいです！

これは完全に回復するのも時間の問題でしょう。

余ったポーションは孤児院の倉庫へ収めます。

こればかりはいくらあっても困ることはないでしょう。

「それにしても、さすがヒナタくんですね」

「ライラさんが子供たちを看ていてくれたおかげですよ」

あいかわらず、嬉しいことを言ってくれます。

彼はいつだってそうです。

私のことを、一番褒めてくれるし、認めてくれます。

他の人は、優秀なギルド長ならできて当然——という態度で接してくる。

そして私は、そんな彼のことが——。

「なんだか、こうしていると、本当に夫婦になったみたいですね……」


え？

ヒナタくん、今なんて言ったの？

「あひぇ!?」

思わずおかしな声が出てしまいます。

「え、僕今声に出してました……!?」

「え、ええ……」

「す、すみません！　さっきザコッグさんが変なこと言うもんだから……アハハハハー……」

「ま、まあ私は別にかまいませんけどね……」

「いやいや、そんなことあり得るはずないですもんね！　僕とライラさんが夫婦だなんて！」

そこまで強く否定されると、どう反応していいものか困ります。

彼は私のことをなんとも思っていないのでしょうか……？

「……パパ……ママ……」

突然、孤児の一人の子が、そんなことを言いました。

寝ぼけているのか、うなされているのか、わからないですが。

少なくともそれは、この状況ではマズい言葉です。


「「～～～～～～!!」」

私もヒナタくんも、顔を真っ赤にして、目をそらし合ってしまう。

「え、えーっと！　ぼ、ぼぼぼぼ僕、これ片づけてきますね……！」

「そ、そうですね！　頼みます！」

ヒナタくんの下手なごまかしで、なんとか切り抜けたみたいです。

◇

その後も、一週間ほど孤児院へ通った結果、今では孤児たちは元気に走り回っています。

シスターさんも元気になりました！

「本当にありがとうございました！　世界樹《ユグドラシル》の方々へはなんとお礼を申していいか……」

「気にしないでください。地域と密着して、助け合っていくのも、ギルド本来の立派な役割ですから」

私たちは、シスターと子供たちに簡単な別れを告げて、ギルドへと戻ります。

その帰り道、私は気になっていたことを、ヒナタくんに尋ねてみることにしました。

「あのポーション、ほんとに下級回復ポーション（E）だったんですか？」

「さぁ、なんのことでしょう？」

「だって、それにしてはやけに効き目がよすぎるというか……」

「まあ、僕の勝手にやったことですから、僕のお金で支払いました。以前、子爵さまを助けたときにもらったお金もありますし……」

「そんなことしていいんですか？　妹さんのこともあるし、それに食費だって……」

「いいんですよ。妹の病気は、そこらのポーションでは治らないみたいなんで」

そう言った彼の表情は、どこか哀しみを帯びたものでした……。

「優しすぎますね、ヒナタくんは……」

「そうでもないですよ」

私はこっそり、彼のお給料にボーナスをはずむことを決めました。

そんな優しすぎるヒナタくんですが、彼が私の気持ちに気づくのはいつになることやら……。

◇

【side：ヒナタ】

「素材活性《マテリアルブースト》——！」

僕がいつものように倉庫に籠《こも》っていると……。

「今、なにをしたんですか⁉」

後ろからライラさんだ。

「ああこれは、水を素材活性《マテリアルブースト》で浄化していたんですよ」

「そんなことまでできるんですか⁉」

「ええ、要は聖水って、ただのキレイな水ですからね」

ポーションを作るときには、キレイな水——聖水を用意しなくてはならない。

本当なら、教会まで行って、お祈りをしてもらうんだけどね……。

僕の場合はスキルで自作できてしまう。

僕がポーションを作るのが速いのにはそういう理由もある。

「教会いらずですね……。ヒナタくんには信仰心というものがないのですか？」

「ははは……そんなことはないんですけどね」

「ふふ、冗談ですよ」

最近では、ライラさんとの距離もだいぶ近づいて、こういった軽口を楽しむようにもなってきた。

僕はお返しだとばかりに……。

「というかライラさんって、暇なんですか？」

「へ？」

「だっていつも僕のところにくるし……」

「う、それは……」

するとと会話を聞いていた他のギルドメンバーが、

「ギルド長はヒナタに会いにきてるのさ！　そのために仕事をテキパキこなして早めに終わらしてんだよな？」

と口を挟んできた。

「そ、そうなんですか？」

だとしたら、ちょっと嬉しいね。

「ち、違います！　もう！　ヒナタくんのことなんて知りません！」

ライラさんはそれだけ言い残すと、倉庫から出ていった。

そういった仕草もかわいい。
「あらら。すまんなぁヒナタ」
「いえいえ……」
とまあこんなふうに、ギルドでの仕事も、なんとか楽しくやっている僕だ。
そういえば……。
前のギルドでも、聖水は自分で用意していたなぁ。
僕がいなくなって、教会にもらいに行かなくちゃならないだろうけど……。
大丈夫だろうか？
そこのところを説明していなかったけど……。
まあ、でもさすがに、医術ギルドなんだし。
そんな初歩的なこと、知らないはずないよな。
それに、クビになったギルドのことを心配しても仕方がないよね。
僕は目の前のことを、できることをやるしかないんだ。
さあて、集中だ！

◇

よし、今日もたくさんポーションを作った！

「ヒナタくん。ちょっと、いいですか……？」

夕方、またライラさんが話しかけてきた。

「どうしたんですか？」

「うちで聖水を売ることってできませんか？」

「え⁉　ギルドで聖水を⁉」

たしかに、僕のスキルを使えばそれも可能だけど……。

「でも、それだと教会のお株を奪ってしまうことになりませんかね？　元々水の浄化は、教会の仕事ですし……」

「それもそうですね……。失念してました」

「そうだ！　教会に許可をとればいいんですよ！　それで売上の何割かを納めれば、問題にならないでしょう」

「それはいいアイデアですね！」

「では、僕が交渉に行ってきますね！」

◇

「え？　あなたが聖水をですか？」

「はい、ぜひうちのギルドで取り扱いたいと……」

僕の提案に、教会のシスターさんは驚いた顔で答えた。

あ、ちなみに孤児院のシスターさんとは別の人だよ。

やっぱり、教会の役目を奪うことになるから、いい気はしないのだろうね。

断られるかな？

と、思ったのだけれど――。

「それは助かります！」

「へ？」

「正直、ポーション用に聖水を用意するのって、結構大変なんですよ」

「そうなんですか」

「人手も足りないし、毎日大量に商人さんが持っていくものだから……」

「ああ、たしかに大変ですね」

毎日となると大変そうだ。

教会には他の仕事もあるだろうし……。

これはもしかしてお互いにいい関係が築けるかもしれないね。

「そのせいで、孤児院へ人員を回せずに、先日は子供たちを危険な目にあわせてしまいました……」

「え、あの孤児院はここの教会が管理しているんですか⁉」

「ええ、あ、もしかしてあなたが孤児院を救ってくれたという……？」

「あ、はい。世界樹《ユグドラシル》のヒナタです」

「そうでしたか……。教会はあなたに救われてばかりですね……」

「いいえ。こちらこそ、お世話になりますよ」

教会には、毎朝寄っている。

妹の病気のことを、神様にお祈りするためだ。

なにもしないよりは、そうすることで気が休まる。

「では、ギルドで聖水を売ってもいいんですね？」

「ええ、そうしていただけると、こちらの負担も減ります」

「何割ほど売り上げをお納めすればいいでしょうか？」

「え？　お金を頂けるんですか？」

「当然ですよ。それに、教会だってお金が必要でしょう？」

「ええまあ……。でしたらいただきます」

孤児院のサビれ具合を見れば、教会に寄付が足りていないことは明らかだ。

聖水は数少ない収入源だろうし、それが減れば困るだろう。

◇

「ヒナタくん！　すごい売り上げですよ！」

「よかったです」

数週間後、世界樹《ユグドラシル》の販売した聖水は、飛ぶように売れた。

「まさか聖水の需要がここまでとは……」

教会は商業区画からは少し離れたところにある。

商業区画では毎日、大量のポーションが右から左へ売り買いされている。

だから多少割高でも、同じ商業区画で買えるのならと、うちで聖水を買っていく人が多いんだろうね。

「いやー、世界樹《ユグドラシル》で聖水が買えるようになって、うちは大助かりだよ。仕入れが格段に楽になった！」

ギルドのとなりの店のおじさんも、喜んでくれているようだ。

「ヒナタさまー！」

「あ、シスターマリア」

遠くから走ってやってきたのは孤児院のシスターさん。

どうしたのだろう。

「今日はあらためてお礼を言いに来たんです」

「そんな！　いいのに……」

「ヒナタさまのおかげで、孤児院の改装が決まったんです！」

「え⁉　ホントですか？　それはよかった」

聖水の売り上げを半分教会に寄付していたから、そうなったのだろう。

力になれてよかった。

正直、あの孤児院じゃ、いつまた子供たちが病気になってもおかしくない。

「やりましたね、ヒナタくん！」

「ライラさん、ありがとうございます」

「ちょっと、今は私とヒナタさまがお話ししているのですよ⁉」

「な、なんなんですか⁉　私だってヒナタくんとお話ししたいです！」

なんだかシスターマリアとライラさんは、折り合いが悪いみたいだ。

「あはは……」

◆

こうして、ヒナタはまたしても孤児院を救った。

だがガイアックときたら……聖水について、なんにも知らないのであった……。

そしてそのせいで、あんなことが起ころうとは……！

◆

【ｓｉｄｅ：ガイアック】

「よし、今度こそ、ポーションを作るぞ」

俺はギルド全体に命令する。

ようやくポーションの素材がそろったのだ。

ここまでくるのに長かった。

「ギルド長、水はどうしましょう？」

「は？　水？」

「ポーションを作るのには水を使いますので」

「そんなの適当に用意しろ」

まったく、それくらい自分で判断してもらいたいものだ。

医術ギルドなのだから、井戸くらい完備してある。

手術にも水は使うからな。

「水を汲《く》んできました！」

「ん？　ちょっと汚れてるな」

「昨日、雨が降りましたからね。ひどい風で、ゴミなどが入ったのでしょう」

「そうか、だが大丈夫だろう。飲むわけじゃないしな」

あくまで手術用のポーションは、傷口に塗ったりして魔法の補助に使う。

口に入れるのならゴミを嫌がる者もいるだろうが、皮膚くらい気にするヤツはいないだろう。

数時間後、ポーションの調合が完了した。

これで当分の間はもつだろう。

「よし、よく頑張ったな！　ポーションを混ぜたことない者もいたが、簡単だっただろう？」

「はい！　ありがとうございます、ギルド長！」

「やっぱりポーション師なんかいらなかったんだ！　またしても俺が正しかったというわけだ！

ガッハッハ！」

「さすがギルド長です！　ヒナタをクビにしたのはまさしく英断でした！」

俺は部下に褒められて、いい気分だった。

いろいろあったが、ようやく俺のギルドも成功に向かって歩き出した。

これからたくさん儲けるぞ！

俺は意気込みを新たにする。

「さあ、ポーションができたらさっさと手術の準備をしろ！　今日もたくさんの患者がくるぞ！」

最近、物騒な事件とかが多くて、負傷者がたくさん出ている。

まあ、風が吹けば桶屋が儲かるし、けが人が出れば俺が儲かるというわけだ。

「それにしても、ヒナタはこんな簡単な作業に毎日時間を使っていたのか……？　とんだ給料泥棒だな」

「ですね。自分たちでポーションを混ぜたらすぐでしたからね」

「やっぱり、ポーション師ってのは不要な職業だな！　他のギルドにも教えてやろう！」

◇

俺は週末、行きつけの酒場へと向かった。

ちょうど、知り合いの医師が飲んでいたので合流する。

他の医術ギルドで、ギルド長をしている、俺と同じような境遇のヤツらだ。

まあ要は、エリート中のエリートだ。

ポーション師なんかの底辺と違って、かしこい連中だ。

——ぐびぐびぐびぐびぐびぐびぐびぐびぐびぐび
「おい、ガイアック。お前さん、今日はやけに羽振りがいいな。そんなに高い酒ガバガバ飲んで大丈夫かよ？」

「最近、大幅な経費削減に成功してな。まあ人員を削ったんだ。ちょっと失敗して薬草を多めに買わされたがな。長い目で見れば、大儲けってとこよ」

「ほう？　そいつはどんなカラクリなんだ？」

「なあに、単純さ。ポーション師をクビにしただけだよ。お前のとこもポーション師を追い出すことをおすすめするぜ？　あいつら、働かないで金だけ持っていく金食い虫だからよ」

俺の言葉に、友人たちはびっくりする。

まあ画期的なアイデアだからな。

俺の頭脳の明晰《めいせき》さに、驚いたのだろう。

無理もない。

「おいおい、そいつはなんの冗談だ？　ポーション師をクビにしたら、いったい誰がポーションを混ぜたり、素材の管理をするんだ？」

「簡単さ。うちの医師に空いた時間にやらせればいい話だ」

「はぁー……。そりゃあまあ、お前のところは優秀なヤツがそろってるかもしれんが……。うちの医師には真似できねえよ。第一、そんな時間なんてどこにもねぇしな」

「そうか？　やってみれば簡単だぜ？」

「……ッハ！　言うねぇ！　さすがガイアック！」

「ハハハ！」

俺たちは、そんな感じで朝まで酒を飲み交わした。

明け方になって、物騒な話が出た。

「なんだか最近、みょうな感染症が流行《はや》ってるらしいぜ？」

「おいおいやめてくれよ酒がまずくなる」

「いや、真剣な話なんだ。まだ対策がわかってないらしくて、患者が来てもどうしようもないらしい」

「そうか。まあ覚えておくよ」

俺は話半分にそれを聞き流した。

まあ感染症くらい余裕だろ。

なんたって、俺の医術魔法の能力は超優秀だからな！

◆

ガイアックは知るよしもない。

まさかその感染症の原因が自分にあろうとは……！

◆

【side：ヒナタ】

「なんだか最近、感染症が流行っているらしいですよ。ヒナタくんも身体には気を付けてくださいね？」

「あ、はい。ありがとうございます。ライラさんも忙しいでしょうが、休んでくださいね」

仕事終わり、ギルドから出る際に、そんなことを言われた。

感染症かぁ……。

もし僕が感染し、妹にうつしでもしたら大変だ。

「心配だなぁ……」

念のため、今日はどこにも寄らずに帰ろう。

◇

「ただいまー」

「おかえりなさいませ、お兄様」

「……ってあれ⁉ アサガオちゃん、どうしたの？」

アサガオちゃんは、すごく厚着をしていた。

季節から考えて、ちょっと異常なほどだ。

口元には布を巻いている。

「これは、感染症対策ですわ。ヒナギクにもしものことがあってはいけませんもの」

「それにしてもやりすぎじゃないかな？　まだどういった病気かわかっていないんだし……」

アサガオちゃんは汗をびっしりかいて、苦しそうな顔をしている。

感染症以前に、むしろそっちが心配になるくらいだ。

まあ未知の病気から身を守るとなったら、なんでもやらないよりはましかもしれないけど……。

「それが、お隣の奥さんが例の感染症だとかで……」

「え⁉　それは怖いね……」

アサガオちゃんの怯えようも、納得がいく。

お隣の奥さんのことも心配だし……。

そうだ！

「僕ちょっと行ってくるよ！」

「あ、ちょっと！　お兄様⁉」

僕は小脇にポーションを抱え、家を飛び出した。

◇

「ごめんください」

「ああ、ヒナタくん。どうしたんだい？」

お隣の旦那さんが対応してくれた。

「奥さんに用があって……」

「残念だが妻は病気だ。例の感染症でね……」

「わかっています。僕に病状を見せてください。治せるかもしれません」

「え⁉　キミが⁉」

どんな症状かがわかれば、それに合ったポーションを作ることで、回復するかもしれない。

それに、知らないでいるより、知っておいたほうが怖くない。

僕はなんとしても妹を守らなければいけないのだから！

「はい、僕が治します！」

旦那さんは、いぶかしみながらも、僕を家に入れてくれた。

僕が医術ギルドに勤めていたことを知っていたからだろうか。

それとも熱意が伝わったのか。

「失礼します」

眠っている奥さんの部屋に通される。

「これは……！」

奥さんの腕を見て、僕はすぐに気がついた。

僕の嫌な予感は当たっていたのだ！

奥さんの腕には包帯が捲かれていて、その包帯にはポーションがしみ込ませてあった。

だけどそこから膿のようなものが染み出していて、そのせいで傷口から感染症を引き起こしている。

そしてその包帯の処置の仕方を見れば、僕には一目瞭然。

ガイアックギルド長率いるあの医術ギルドによるものだ。

「ガイアックギルド長は、聖水のことを知らなかったんだ……！」

「どういうことだ？」

僕は旦那さんに説明する。

「ポーションは聖水で作らないとダメなんです。でもこのポーションは汚れた水で作られたものだ。

そのせいでこんなことに……」

「なんだって⁉　そんなヒドいこと……」

まあとにかく、妹に感染するようなものじゃなくてよかった。

それにしても、これは許せないね。

「安心してください。これなら僕にも対処できます」

「お！　そうか！　頼むよ」

僕は奥さんから不潔な包帯を外し、新しい包帯に取り換える。

新しい包帯には、しっかり僕のポーションをしみ込ませる。

このポーションはちゃんと聖水で作った、キレイなポーションだ。

「おお！　傷口がキレイになっていくぞ！」

「これであとは安静にしていれば、大丈夫だと思いますよ」

「それにしても、あの医術ギルド、とんでもねえ雑な仕事をするもんだな。二度と行かんわ」

「そうですねぇ……。僕もまさかここまでとは思っていませんでした。すみません……」

「おっと、キミも以前はあそこで働いていたんだったな……。すまん。キミが謝るようなことじゃない」

「でもどうしましょう。このことを伝えるべきなんでしょうけど……」

僕がガイアックギルド長になにを言っても、きっとあの人は聞き入れないだろうし。

へんな角が立つのも嫌だ。

「それなら俺に任せておいてくれ。俺から医術協会の本部に、報告をしておくよ」

「それは助かります！　ありがとうございます」

「いいってことよ。こっちこそありがとうな」

◇

「はぁ……よかった」

僕はようやく家に帰って座ることができた。

「お疲れ様です、お兄様」

「ありがとう、アサガオちゃん」

へとへとな僕に、アサガオちゃんが温かいスープを出してくれる。

「それにしても、お隣の奥さんを助けてしまうなんて、すごいですわ！」

「そうでもないよ。あんなの、ポーションに詳しい人が見れば一発さ」

「それでもやっぱり、さすがお兄様ですの！　これもヒナギクを思ってのことですものね」

「まあね。もちろん、アサガオちゃんのこともいつも大切に思ってるよ」

僕はアサガオちゃんの頭にそっと手を置く。

するとアサガオちゃんの顔が少し赤くなった。

「まあ、お兄様！」

「いつもありがとうね、アサガオちゃん」

きっと僕だけでは、ここまでちゃんと生活できていない。

ヒナギクを助けるために、アサガオちゃんも全力で頑張ってくれているのだ。

だから――。


――僕ももっと頑張るぞ！

◆

なんと未知の感染症は、ガイアックによる雑なポーション制作が原因だった！

それほどまでにガイアックは、ポーションのことをヒナタに任せっきりだったのだ！

そしてもう、医術ギルドにはヒナタはいないのである……。

それもすべては、ガイアックの愚かさ故の過ち……。

◆

【side：ガイアック】

ある日のこと――。

「はぁ？　なんで俺が医術協会に呼び出されなくちゃならねえ？　意味わかんねえ」

俺は届いた書類を前に、あっけにとられる。

「ですがギルド長。協会に従わないと、大変なことになりますよ？」

「うるせえ！」

――ドン！

俺はレナを払いのける。

レナの身体が壁にぶつかった。

「きゃぁ！」

「大丈夫ですか⁉」

レナにキラが駆け寄る。

ふん、うっとうしいヤツらだ。

「とにかく、俺は仕方がないから行ってくるが……」

「大丈夫です。ギルドは私に任せてください」

倒れながらも、レナは俺に言ってくる。

忠実な女だ。

まあそういうヤツだからこそそばに置いているのだがな。

「おう、任せたぞ？」

俺はしぶしぶ、協会に向けて歩き出す。

いったいなんの用なんだ？

俺がなにをした？

あ、もしかして褒められるのか？

表彰されるのか？

そうだ、そうに違いない！

歩いているうちに俺は上機嫌になる。

協会の呼び出しというとどうしても悪いイメージが先行するが、まだそうと決まったわけではないのだ！

◇

「会長がお呼びだ」

医術協会本部にて、俺は医術協会会長——ドレイン・ヴァン・コホックと面会をしていた。

「ガイアック・シルバくん、君には失望したよ……」

医術協会会長のおっさんが、俺にそんなことを言う。

偉そうに髭《ひげ》をたくわえた、白髪の老人。

「どういうことですか……？」

俺がなにをしたというのか？

「報告があったのでね、君のいない間に調べさせてもらったよ」

「は？」

「君のギルドでは井戸水でポーションを作っているそうだね？」

会長は、丸い小さな眼鏡をくいっと上げて、言った。

「それがなにか？」

「はぁ……救いようがない……」

「？」

俺はおっさんがなにを言っているのか疑問だった。

からかっているのか、舐《な》めているのか。

とにかくもったいぶった、いけ好かないじじいだ。

「ポーションはね、聖水を使わなければいけないのだよ……」

「は？　聖水？」

そんなはずはない。

ポーション師のヒナタだって、井戸水で作っていたはずだ。

ヤツがそんなものを使っているのを、俺は見たことがない。

「でも、だって……！　前のポーション師はそんなこと……！」

「言い訳をするな！　みっともない！」

「……ッ！」

俺に怒鳴りつけるなんて……！

この男、正気ではない。

絶対に許せない！

「馬鹿なお前にもわかるように説明しよう」

「馬鹿だと？」

「ポーション用の水はだな……教会で清めてもらう必要があるんだ。そうじゃないと、傷口から感染症を引き起こすなどの問題が生じるのだ」

「感染症……？」

そういえば、酒場でそのようなことを聞いたな。

感染症、その原因が俺にあるというのか？

「今回は幸運にも、それほど被害は大きくなかったが……。君の行動は処罰に値する」

「は⁉　そんな……！」

「これから一か月間、毎日協会におもむいて、再発防止のための研修を受けてもらう」

「なんで俺が……⁉」

「まだわかっていないようだな？」

「はい？」

「君の父は立派な人だったのだがな……。いいか？　貴様がその年で医術ギルド長をやれているのは、父親のあとを継いだからなのだぞ？　それを自分の実力と勘違いしてはならない。お前はまだまだ未熟なのだ。もっと学ぶがよい！」

「は、はい……」

何様のつもりだ？

俺は天才だぞ？

だがここは黙ってうなずくしかないのも事実。

会長に逆らっても、なにも得るものはない。

「くそう……くそう……！」

俺は地団駄を踏みながらギルドへ帰る。

なんでこうなった？

誰も聖水のことに気がつかなかったのか？

この数年、我がギルドではそんなものは使っていなかった。

だってポーションはヒナタに一任していたしな。

まさにそのせいだ！

うちの他の医師たちは、大学を出て、すぐに入ってきたようなヤツばかりだ。

当然、他のギルドのことなんて知らないだろう。

ヒナタが俺のギルドに変な常識を植え付けたのだ！

まさに悪魔！

悪習を広めて、俺のギルドを台無しにしやがった！

全部あいつのせいなのだ！

◇

気がつけば俺は、ヒナタ・ラリアーク――あの忌々しきポーション師の家まで来ていた。

かつての従業員の家くらいは知っているのだ。

「おい、出てこい」

俺が扉を叩くと、数秒でヤツが姿を現した。

「なんです？　ギルド長……。いや、今はガイアックさんと呼んだほうがいいかもしれないですね」

「呼び方なんぞどうでもいい。今日はキサマに言いたいことがあって来た」

「はぁ……僕も忙しいんですけどね？　まあいいや。聞きましょう」

「お前のせいで俺は大変な目にあったんだぞ？　なにか言うことは？」

「はぁ……？　僕がなにをしたって言うんです？」

「お前がやめるときに、ポーションのことに関する注意を怠ったせいで、ギルドでは大変なことになったんだ。感染症で人が死ぬところだったんだぞ？」

俺がまくしたてるも、ヒナタはまるで堪えてないようすで。

肩をすくめ、ため息をついている始末。

なんだコイツ？

俺を舐めているのか？

「そのセリフ、そっくりそのままお返ししますよ……」

「はぁ？」

「そもそも、聖水を知らないってなんなんですか？　ポーションのこと知らないにもほどがあるでしょう……」

「そんなの知らないに決まっているだろう？　なんで俺がそんなこと知らないといけない？」

「いい加減にしてください！　もっと人の命を預かっているって自覚しろ！　呆れた人だよ……」

「……!?」

俺はあっけにとられる。

今までこいつが俺に反抗したことなどなかったのに。

「おい、なんだよその態度!?」

「え？　僕はそもそももうあなたの部下ではないですからね？　もはや赤の他人ですよ？」

「たしかにそうだが……」

「それなのに、僕があなたの尻拭いをしてやったというんです。感謝してもらいたいものですね」

「どういうことだ」

「ガイアックさん、あなたのミスに気がついたのは僕なんですよ」

「は？」

「まあそういうことだから、じゃあ」

ヒナタはそう言うと、扉を閉めてしまった。

俺はしばらくその場に立ち尽くす。

「やっぱり、アイツのせいなんじゃないか……！」

どこまでも舐めた野郎だ。

そもそもヒナタがちゃんと聖水について説明してくれていれば、こうはならなかったはずだ！

どこまでも無能なヤツめ。

俺だって聖水の存在は当然知っている。

そしてそれがポーションに使われるものだということも……！

でもそれを使わなければいけないなんて知らないだろ、普通。

だって実際、ヒナタは使っていなかったんだから。

だとしたら、なんでアイツは問題を起こさなかったんだ？

俺ははめられたのか？

許せない……！

俺は復讐《ふくしゅう》を誓った。

◇

【side：ヒナタ】

「はぁ……」

扉を閉めた僕は、疲れて椅子に腰かける。

アサガオちゃんが入れてくれた紅茶に口をつける。

「どなたでしたの？」

「前の職場の上司だよ」

「へぇ……」

「まったく、ガイアックギルド長にも困ったものだよ……」

「どうしたんですの？」

「ポーションに聖水を使わなければならないことを知らなかったんだ」

「え⁉」

アサガオちゃんが目を丸くする。

やっぱり、アサガオちゃんが聞いても驚くよね。

「そんなことも知らないで、医術ギルドをやっている人がいるんですの⁉　信じられませんわ！」

「だよねぇ」

「そんなこと、子供でも知っているのー」

ヒナギクも同じ意見のようだ。

病気でずっと外に出ていないヒナギクでも知っているのだから、当然の知識だ。

「やっぱり、あんなギルド、クビになって正解だったな」

「ですね。さっすがお兄様！」

「なのー！」

今はライラさんに優しくしてもらってるし、かわいい妹たちに囲まれて、僕は恵まれてるなぁ……。

◆

無知を晒したガイアックは、ヒナタに復讐を誓う。

そんな彼が次にとる行動とはいったい……！

そして順風満帆なヒナタには、新たなる出会いの予感……！

第四章　ギルドのお仕事

【ｓｉｄｅ：ライラ】

なんだか最近、ヒナタくんを頼りすぎているような気がします。

彼は優秀ですが、いつまでも頼ってばかりもいけませんね。

もっと私がしっかりしないと！

正直、ヒナタくんの仕事量は、一人の人間がこなすものとしては多すぎます。

彼のスキルを駆使すれば、なんてことはないのでしょうが……。

彼にはもっと楽をしてもらいたい……。

仕事だけではなく、彼には妹さんを救うという使命があるのですから……。

「ヒナタくん、助手を雇いましょう」

「助手、ですか……？」

「そうすれば、ヒナタくんの手も空いて、ポーションの研究をする時間も増えますよ！」

「はぁ……でも本当に大丈夫ですよ？　僕一人でもなんとかなるので」

「ヒナタくんは頑張りすぎですよ、少し手を抜くくらいでちょうどいいです」

「そうですかねぇ。まあそう言ってもらえるなら……」

さすがヒナタくん。

謙遜してなかなか首を縦に振ってくれませんでしたね……。

ですが、なんとか助手の採用に同意してくれました。

これでヒナタくんの時間が空けば、私と過ごす時間も増えるという作戦です。

ふっふっふ――。

◇

【side：ヒナタ】

なんだかライラさんの提案で、助手をつけることになったみたいだ。

正直、僕なんかにそこまでしてもらっていいのだろうか。

でも、ライラさんはよく見てくれているなぁ……。

「あ、あなたが助手の方ですか……？」

倉庫に入ると、先に来た若い女性が在庫チェックをしていた。

「あ！　あなたがヒナタ先輩っスね？　自分、ウィンディ・エレンフォードと言います！　ポーション師二年目の新人ですが、精一杯頑張るのでよろしくお願いします！」

ウィンディ・エレンフォードさんか……。

緑の短髪がよく似合う、元気な感じの女の子だね。

「ウィンディさんは大学出なんだってね」

「そうっス！　でも実践はまだまだ足りてないので、いろいろ学ばせてもらいます！」

大学で学んだポーション師が、今更僕なんかから学ぶことなんてなにもないと思うけどなぁ。

「じゃあさっそく、こっちのポーションを混ぜるのを手伝ってもらえるかな？」

「はいっス！」

「薬品調合《ポーションクリエイト》――！」

ウィンディがそう唱えると、みるみるうちにポーションが出来上がっていく。

薬品調合《ポーションクリエイト》が使えるみたいだね。

まあ大学に行くような子だし、当然かな。

でも結構なペースで使えてる。

なかなか優秀な子みたいだね。

「よし、僕も負けずに頑張るぞ！」

僕も横で自分の分のポーションを調合し始める。

「薬品調合《ポーションクリエイト》――！」

「……⁉」

「？」

「せ、せせせせ先輩、今……なにをしたんスか⁉」

「え？　なにって、ポーションを混ぜただけだけど？」

「薬品調合《ポーションクリエイト》が使えるんスか？」

「え？　君も、使ってたよね？」

彼女はなにをそんなに驚いているんだろうか。

僕のやり方が間違っていたのかな？

まあ僕は独学みたいなものだしね……。

僕みたいな平民でも使えるからすごいって言ってるのかなこの子は？

「自分は代々家がポーション師の家系なので、これくらいできて当然っスけど……。先輩は大学にも行ってないんスよね？」

「まあね、平民だし」

「あ、そうなんスね。それならなおさらすごいっス！　独学ってことっスもんね」

「ていうか大学いくような人ならみんな使えるんじゃないの？」

「そんなことないっスよ！　薬品調合《ポーションクリエイト》が使えるのは一部の人っスよ」

「そうなんだ」

「それで今の動きはすさまじいっスよ……？　大学の仲間にもそこまで精度の高い薬品調合《ポーションクリエイト》を使いこなす人はいなかったっス！」

「あはは……。まただ――、ウィンディは人をノせるのが上手だなぁ」

褒められて、自然と僕の手も速くなる。

「もう！　お世辞じゃないっスよー」

なんだか僕はからかわれているのかな？

まあ絡みやすい人でよかった。

いい助手に恵まれたね。

「じゃあラストスパートといこうか……」

僕は残りのポーションを一気に片づけるべく、ポーションを三列に並べる。

「……？」

「薬品調合《ポーションクリエイト》――!!」

「せ、せせせせせ先輩!?」

「どうしたの!?」

「い、いいいいい今のは？」

「並列処理だけど……？」

最近、毎日ポーションを大量に作っているから、いつのまにかできるようになっていた。

今のところは一度に三つのポーションを作るのが限界だけれど、そのうちもっと増えるかもしれない。

「そんなの聞いたことないっスよ……」

「ははは……大げさだなぁ」

そんな感じで、その日のポーション制作は、あっという間に片付いた。

「君のおかげでポーション制作が楽になったよ、ありがとう」

「こちらこそ、優秀な先輩の下で働けて、光栄っス！」

これはライラさんにも感謝しないとなぁ……。

明日からは正直、ウィンディ一人でもなんとかなるかもしれない。

これでようやく研究のほうにも力を入れられるぞ！

◇

【side：ガイアック】

「ギルド長、やっぱり、ポーションに関しては素人の自分たちが、ポーションを混ぜるべきではありませんでした……！」

「聖水の件で、ギルド長に迷惑をかけてしまい、申し訳ありませんでした！」

部下たちが俺に頭を下げる。

当然だ。

こいつらが聖水やポーションのことをロクに知らなかったせいで、俺が怒られたんだからな。

「まったく、いい迷惑だよな」

「はい、反省しています！」

そもそも、こんなことになったのは全部ヒナタのせいだがな。

あいつが満足のいく働きをしていれば……。

俺がポーション師をクビにしたのは、あいつがどうしようもないマヌケだったからだ。

「で、どうするんだ？」

「もう一度、チャンスをください！」

「いいだろう」

こうして、俺たちはもう一度ポーション作りに挑戦した。

もちろん今度は、聖水を使うことを忘れてはいけない。

◇

「ギルド長、ただいま戻りました！」

教会に聖水をもらいに行ったキラが帰ってきた。

「おう、どうだった？」

「それが、教会では最近、聖水を作る量が減っているとかで……」

「は？」

「代わりに、世界樹《ユグドラシル》とかいうギルドから聖水を買いました」

「世界樹《ユグドラシル》？」

「なんでも、彼らは教会の負担を減らすために、代わりに聖水を作って売ってるそうで。それに、売り上げも教会に寄付しているらしいですよ？　いやぁ、世の中にはすごい人もいますね」

ふん、どうせなにか裏があるんだろう。

寄付なんてするのは頭の腐った偽善者だけだ。

それにしても、世界樹《ユグドラシル》……。

どこかで聞いた名だな？

まあいいか……。

「さぁ、聖水も手に入ったんだ。こんどこそ、ちゃんとポーションを作れるな？」

「はい！」

◇

——イライライライライライライライライラ。

「おい、いつまでかかってるんだ？　たかだかポーションを混ぜるだけのくせに！」

俺は従業員たちを怒鳴りつける。

以前、井戸水でポーションを作ったときにはこんなことにはならなかったのに。

どういうことだ？

俺を舐めているのか？

「それが、聖水だと、ポーションを作るのが思ったよりも難しくて……」

「言い訳をするな！　そんなわけないだろう！」

「井戸水と違って、すぐに蒸発するんですよ……。この調整がなかなかシビアで……」

「俺に貸してみろ！」

――ぐつぐつぐつぐつ
む、たしかに……。

これはなかなか難しいな……。

ま、まあこんなのは俺の仕事ではないからな。

できなくても問題ないだろう。

「どうしましょうか……？」

「もういい、金はいくらでも使え！　患者はどんどんやってくるんだ、とりあえず既製品のポーションを買ってこい！」

「はい！」

くそう、このままじゃいつか破産するぞ……。

「やはりポーションの専門家が必要なのでは……？」

レナが俺にささやく。

「うるせえな……」

俺はその辺にあったゴミ箱を蹴とばす。

だがまぁ、レナの言うことにも一理あるな……。

破産するまでに、新しいポーション師を雇わなければな……。

そうだ！

今度は大学出の、貴族を雇おう。
そうすれば、あんな馬鹿みたいなウスノロはやってこないだろう。
ポーション師なんかに金をやるのは嫌だが……。
貴族のヤツならまあいいだろう。
貴族のポーション師なんて少ないが、まあ探せば見つかる。
まったく、世の中には物好きなバカもいたもんだ。
そんな底辺職……。
まあそういうヤツは、大学でも落ちこぼれなんだろうな。
それに、底辺貴族ってのがお決まりだ。
もしくは、完全に道楽でやっている上級貴族のバカ息子か。
まあどちらにしろ、ヒナタなんぞよりはましだろう……。

◇

【ｓｉｄｅ：ヘルダー】

俺はヘルダー・トランシュナイザー。
駆け出しのポーション師だ。
まあポーション師といっても、大学でちゃんと学んだエリートだ。

ポーション師のほとんどは、大学にも行かない、貧乏人だからな。

そんなクズどもと比べて、俺はすこぶる優秀だ。

だから俺の未来は明るい！

そんな俺も、医術ギルドに所属するときがきた。

ガイアックという人物が経営している、一流の医術ギルドに就職が決まったのだ。

さすが俺といった感じの就職先！

「緊張するなぁ……」

ガイアックギルド長という人は、優秀だが気難しい人と聞いてるからな。

嫌われないようにしないとな。

「失礼します」

俺はおそるおそる、医術ギルドの扉を開ける。

「おう、お前が新しいポーション師か」

「はい」

眉間にしわを寄せた鋭い目つきの、野心に溢れた若者。

これがガイアックさんか……。

「よろしくお願いします！」

「こんどはまともなポーション師ならいいがな」

「え？」

「なんでもない」

いきなり怖そうな人だなぁ……。

それに比べて——。

レナさんという人は優しそうな人だ。

女性の医師で、ギルド長の秘書的なこともしているらしい。

優秀な人なんだなぁ。

「貴族でポーション師になるなんて珍しいですね」

「ええ、昔から薬品作りに興味があったもので」

そんな世間話を交わす。

その後、勤務表を見て俺は、驚くことになる。

「え!? このギルドには僕しかポーション師がいないんですか?」

「当たり前だ。なに寝ぼけたこと言ってんだ?」

ガイアックギルド長があからさまに機嫌を悪くして言った。

どうしよう……?

ここでなにか言っても、さっそく印象が悪くなるだけだし……。

とりあえずやれるだけやってみよう。

もしかしたら、みなさん優秀で、なんてことない仕事量なのかもしれないし。

「じゃあ、さっそくこの聖水と薬草とスライムコアを混ぜていってくれ」

「はい！」

俺は言われたとおり、素材を受け取る。

そして鍋を火にかける。

「おいおいおい！　なにやってんだ⁉」

「はい？　ポーションを混ぜる準備ですが……」

「薬品調合《ポーションクリエイト》はどうした？　お前、ポーション師だろう……？」

「え？　そんなの使えませんよ」

「は？」

「そんなのできるのは、大学でも首席の生徒くらいなものですよ」

まったく、どれほど期待されてたのやら。

面接のときでも、そういうことは言われなかったしなぁ……。

さすがは一流のギルドと言った感じか。

求められる基準が高すぎる……。

これは俺を試しているんだろうな。

負けないように、しっかりしなくちゃな！

「ま、まあいいだろう……。薬品調合《ポーションクリエイト》がなくても、普通の人間よりはポーションに詳しいだろうし、速いんだろう？」

「ええまあ、それなりには……」

「ならよし。しっかりたのむぞ」

「はい！」

◇

【side：ガイアック】

さあて、新人のポーション師はどれほど使い物になるのかな。

昼頃になって、俺がようすを見に行くと、そこには信じられない光景が――。

「な、なんだこれは……!?」

「あ、ガイアックギルド長。ちょうど今、一区切りついたところです」

「は？」

新ポーション師――ヘルダーとか言ったか――の下には、六つのポーションが置かれていた。

「これだけか……？」

「はい？」

「これだけかと訊いている」

「はい。足りませんか？」

「当たり前だ！　こんなペースでは日が暮れてしまう」

「で、でも、僕一人なんですよ!?」

「言い訳をするな！」

信じられない……。

あれほど時間があったのに、たったの六つ……？

今までなにをしていたんだこいつは？

「そんなこと言われても、できませんよ。普通のギルドではポーション部なんて三人いてようやく回せるくらいですよ？　ここの人たちは優秀かもしれませんが、普通に考えたらもっと雇ってもらわないと……」

「じゃあなにがポーション師なんだよ⁉　ただ混ぜるだけのことがなんでできない⁉」

「……ただ混ぜるだけと思ってるのか？」

「は？」

なんだコイツ？

俺に口答えするのか？

「アンタは本当に医術大学を出たのか？」

「あいにく俺はポーションに関する講義はとってないんでな。ポーションなんか無能に混ぜさせればいいだろ」

「ポーションを作るには、たしかな目利きと、素材の繊細《せんさい》な扱いや知識が必要なんだ。ただ混ぜればいいってもんじゃない……」

「ち、使えないやつめ。ポーション師ってのはどいつもこうなのか？」

「……っく！」

「前任者は一人でやっていたぞ？　しかも平民のガキだ」

「一人で……？　その人は怪物かなにかなのですか？」

「は？　そんなわけないだろう。お前が無能なだけだ」

まったく、せっかく新しいポーション師を雇ったというのに……。

これじゃあ悪化してるじゃないか。

あのヒナタより使えないとは驚いた。

よくもこんなゴミが大学を出れたものだな。

まあ、おおよそ、どこかの上級貴族の息子が、道楽でやってみたというだけのことなのだろう。

それにしても、どうして面接で弾けなかったのか。

「おい、レナ……。面接をしたのはお前だったよな？」

「すみません……。まさか薬品調合《ポーションクリエイト》を使えないポーション師がいるとは思っていませんでしたので……」

「だよなぁ？　今回は許すぜ。だが今度からは気をつけろよ？」

「は、はい。ありがとうございます」

◇

【side：ヘルダー】

どういうことなのだろう……？

優しかったレナさんまでもが、俺のことをゴミを見るかのような目で見てくる……。

前任者は一人でこの量をこなしてたと言っていたが……。

どれほどの化物なのだろうか？

仮に、薬品調合《ポーションクリエイト》が使えたとしても、俺にそんなことできる気がしない。

とにかく、ここのギルドは想像以上に優秀な人が集まる場所のようだな。

今日は怒られてしまったが、これは気合を入れて頑張らなきゃ！

ガイアックギルド長も、きっと俺を奮起させるためにあえてキツく言ったに違いない！

◆

愚直なヘルダーはまだ、ガイアックの悪意に気づけないでいるのであった。

そして今後ますます、ガイアックはヘルダーに失望することになる。

そしてそれと同時に、ヒナタの本当の価値を思い知ることになるのだ……。

◆

【ｓｉｄｅ：ヒナタ】

今日からは通常のポーション作りはウィンディに任せて、僕は研究に時間を割いてもいいということになった。

ライラさんには感謝してもしきれないな。

それに応えるためにも、頑張らなきゃ！

妹のために、幻の万能薬《エリクサー》を完成させてみせるんだ！

——僕はその日から、倉庫の片隅に作った研究所に籠りきりになった。

◇

【side：ライラ】

新しく雇ったウィンディさん、頑張ってくれているみたいですね。

これでヒナタくんの助けになればいいですが……。

今日は少し早めにギルドへ行くとしますか。

私もヒナタくんに負けていられません。

「おや……？」

私がギルドへ着くと、倉庫から明かりが漏れているのがわかりました。

「ヒナタくん……？」

おそるおそる、倉庫の扉を開けて中を確認すると、そこには一人頑張り続けるヒナタくんの姿がありました。

まさか……！

昨日から帰っていない⁉

それどころか、いや、何日も？

「ヒナタくん……！」

「あ、ライラさん。こんばんは」

「今は朝ですよ！　大丈夫ですか⁉」

「ええ、おかげさまで」

そう言って振り返った彼の目には、クマができ、頬もやつれています。

どうしてこんなになるまで……⁉

きっと私のせいです。

私が助手を雇って、ヒナタくんを研究に没頭させたから……。

彼が無理をしすぎる可能性を考えていませんでした！

優しすぎるヒナタくんは、妹さんのために、ここまで頑張ってしまう人だということを、失念していました。

「もう、休んだほうがいいですよ！」

「大丈夫ですよ。これを飲んでいるので」

「それは……？」

「徹夜ポーションです。これを飲むと疲れを感じずに作業できるんです。自分用に調合しました。健康面での保証はできないので、売り物にはできませんが……」

「そういう問題じゃないですよ！　健康面で保証できないのならヒナタくんも危ないじゃないですか！　休んでください！」

「これが済んだら休みますから……。もう少しやらせてください」

「それが済んだら休むんですよ？　約束ですからね？」

「はい」

真剣な表情のヒナタくんに説得され、私はとりあえず倉庫を後にしました。

本人は大丈夫だと言っていましたが、やはり心配です。

それに、私も責任を感じずにはいられません。

もし彼になにかあれば、それは私の監督不行き届きということになります。

でも――。

だけど――。

あんなに一生懸命なヒナタくんを、無理やり止めさせることなんて……！

◇

【ｓｉｄｅ：ヒナタ】

ライラさんには申し訳ないことをしたなぁ。

心配してもらってありがたい。

だけれど、今いいところなんだ。

なにかが掴めそうな気がする。

気がつけばもう昼だ。

倉庫の中もいろんな従業員であふれかえっている。

「オイオイオイ、大丈夫かよ？」

「働きすぎだわ、アイツ」

「大したものですね」

そんな声が聞こえてくる。

でも僕は一心不乱にポーションと向き合い続けた。

「さすがに疲れたな……」

だけど、徹夜ポーションを飲めばまだ頑張れるはずだ。

徹夜ポーション――滋養強壮効果、眠気覚まし効果、体力回復効果、それら様々な効果が合わさって、最高のパフォーマンスを発揮できる！

――ごくごくごくごく
「あれ……？」

なんでだろう、今、五杯目の徹夜ポーションを口にしたはずなのに……。

なんだか目の前がかすむ。

真っ暗になる。

――そして僕はその場に倒れ、瞼を閉じた。

「キャ――――!!　ヒナタ先輩!?　しっかりするっス！」

「どうしたの!?　ヒナタくん!?」

◆

過労の末、倒れてしまったヒナタ。

だがこのことがきっかけで、とんでもないチカラに覚醒することになろうとは……！

◆

「うーん……？」

僕は深い眠りに落ちていたようだ。

なかなか目が開かない。

「ヒナタくん!?」

ライラさんの声がする。

「よかった、目が覚めたみたい……」

ここは？

自分の周りを探ってみると——どうやら僕はベッドに寝かされているみたいだね。

まさか……、ガイアックギルド長の病院!?

そんなわけはないか……。

「ここはザコッグさんのギルドの医務室です。ヒナタくんのピンチに駆けつけてくれたんですよ」

「そうなんですか……」

僕の心配を察してか、ライラさんから説明が入った。

とりあえずは安心だね……。

ザコッグさん、ありがたいなぁ。

「そうだ！　ポーションを作らなきゃ！」

僕は勢いよく身体を起こす。

「ヒナタくん！　まだ安静にしてなきゃダメですよ！」

「ライラさん……」

たしかに、その通りかもしれない。

ちょっと落ち着こう。

「大丈夫ですか？」

「ええ、ちょっと無理をしてしまったみたいです。でも、徹夜ポーションを飲んでたのに……どうして？」

「無理もないです。ほとんど寝ていませんでしたから……」

心配をかけてしまったみたいだね。
過労で倒れてしまうなんて……。
僕はどうかしている。
「ヒナタくんが倒れていた場所に、これが落ちていました……」
ライラさんは僕にポーションの空き瓶を手渡す。
ほとんど飲み干されているが、ふちにまだ成分が残っている。
「これは……？」
「目撃した人によると、ヒナタくんはこれを口にした後、倒れたそうです」
うーん？
観察してみるけど、これは徹夜ポーションではなさそうだね。
これはいったい？
僕は改めて謝罪をするべく、真剣な顔を作る。
寝ぼけた目をこする。
そしてライラさんのほうを見て――。
なんだかライラさんの頭上に数字が見える。
どういうことなのだろう。
ステータス？
とりあえず僕はその数字に目をこらす。

「あれ？　ライラさんのスリーサイズって、90、59、89なんですか……？」

「……!?　なななななにを言っているんです!?」

「あ、いや……えと、すみません」

「ま、まあまだ寝ぼけてるみたいなので、私は帰りますね！」

「え、ちょっと！　ライラさん!?」

行ってしまった……。

というか、言ってしまったのは僕か……。

なんだったんだ今のは？

幻覚？

それとも本当に寝ぼけているだけなのか。

だとしたらさっきのライラさんの反応はいったい……？

僕の身体に、なにが起こっているのだろう——？

◇

「お兄様！　お見舞いに来ましたわ！」

夕方、アサガオちゃんがお見舞いに来てくれた。

「アサガオちゃん……。ありがとう」

「もう！　お兄様に倒れられると困りますわ！　私もヒナギクも心配しますのよ？」

「ごめんね……」

「お兄様はもう十分頑張っておられるのですから……。あまり無理はなさらぬよう……」

「アサガオちゃん……」

そういえば、アサガオちゃんの頭上にもステータスのようなものが見える。

これは……本当になんなんだ⁉

ていうかこれ、ほんとに見ちゃいけない情報じゃ⁉

まあさすがの僕も同じ失敗はしない。

アサガオちゃんには黙っておこう……。

「あまり長居するとヒナギクが心配ですので、私はこれで……」

「あ、うん。家のこと、よろしくね」

アサガオちゃんは足早に帰っていった。

僕はこの能力のことを詳しく知る必要がある……。

◇

自分の情報を鏡で見るなどして、いろいろ検証した結果、わかったことがある。
この能力――僕の身体に起きた変化は、一時的なものじゃない。

これは、僕の元々持っていたスキル——素材鑑定《マテリアルアプリーザル》が進化した姿……。

エクストラスキル、万能鑑定《オールアプリーザル》なのだ。

そのことは僕のステータスにもはっきりと書いてあった。

今では鑑定の状態を切り替えることもできるようになって、むやみに人の情報を見てしまうこともなくなった。

のぞき見はあんまりいい気分じゃないしね。

なんでこんなことになったのかはわからないけど……。

おそらくは倒れる寸前に飲んだ、あのポーションが原因ではないかと思われる。

徹夜ポーションを飲んだつもりでいたんだけどな……。

あのときにはもう意識がもうろうとしていたのかもしれないね。

なにはともあれ、あのポーションを詳しく調べる必要がある。

あんなポーションは作った記憶がないし……。

スキルを進化させるポーションだなんて聞いたこともない。

◇

僕はさっきライラさんから手渡された、ポーションの空瓶を手に取る。

「万能鑑定《オールアプリーザル》——！」

すると、ポーションの空き瓶に文字が浮かび上がる。

■スキルアップポーション
マンティコア・コア×1
グリフォンの神翼×1
上級魔力ポーション×1

「すごい!」
これは……?
ポーションに使われた素材だろうか?
今までの僕の素材鑑定《マテリアルアプリーザル》だったら、ここまで詳細には見れなかったのに……!
でもこんなレア素材ばっかり……!
なんでこんな代物が、倉庫に置いてあったのだろう……?
謎は深まるばかりだ……。
ライラさんに訊けばなにかわかるかもしれないね。
倉庫の管理をしている人に頼めば、在庫と照合してくれるだろうし。
とりあえず身体が落ち着いたら、ギルドに帰って調べてみよう。

◇

「……と、いうことなんですが……」

ギルドに戻った僕は、さっそくライラさんに訊いてみた。

「それは不思議ですね……。そんなレア素材、うちでは扱っていないはずですが……」

「ええ⁉」

「そんな素材は、普段市場にも出回っていないはずです。いったいどこから……」

「そうなんですか……」

「この素材があれば、もっと画期的な治療薬も作れるかもしれないのに……」

「そうですねぇ。またなにかわかったら、お知らせします」

「よろしくお願いします」

ライラさんでもわからないとなると、お手上げだね。

あのポーションを、もう一度作れれば……。

なにかいい方法はないだろうか……？

ちなみに、僕の三つのスキルの中で、進化していたのは鑑定のスキルだけだった。

どうやらスキルアップポーションには、一つのスキルを進化させる効果しかないみたいだね。

あのときたまたま、鑑定を使っていた途中だったからなのかな？

とにかく今後はレア素材を探し始めることにしよう。

レア素材を使えば、妹の病気を治すことができるかもしれない。

スキル進化なんていう非常識な効果を持ったポーションがあるんだ……。

妹の病気に効くポーションだって、きっとどこかにあるはずだ！

◇

【side：ライラ】

ヒナタくんの言っていた素材……。

マンティコア・コアと、グリフォンの神翼……。

そんな伝説級のレア素材が、このギルドの倉庫に眠っていた、なんてことがあるはずがありません。

そんなものがあったとして、ギルド長のこの私が知らないなんてこと、あるはずがないですよね……。

「だとしたらやっぱり……」

ヒナタくんがそこにある素材で作りだしたと考えるしかない――。

「聞いたことがあります。裏レシピ――そう呼ばれるものが、存在するということを……」

私はヒナタくんが去ったあと、ギルド長のチェアに腰かけ、一人つぶやく。

レアなアイテムの制作には、レシピで決められた素材同士を組み合わせる必要があります。

これは当然です。

どんなアイテムでもそう。

普通のポーションだって、レシピ通りでないと作れません。

ですがごくまれに、違ったレシピでも制作できることがあるとかないとか……。

それにはさまざまな条件があるようですが……。

ありふれた素材から、たまたまレアアイテムを生成してしまうことが、ごくまれにあるらしいですね。

「ヒナタくんほどの才能であれば、もしかしたら……」

そう期待してしまうのも、無理はないでしょう。

だって、彼はあの日、私の前に現れた――特別な人。

いつだって私と私のギルドを正しき方向に導いてくれました。

そして、本人は謙遜して認めませんが、素晴らしい才能の持ち主でもあります。

ヒナタくんが寝ぼけまなこの中、偶然にも裏レシピを発見してしまったのだとしたら……。

「まさか、ね……」

第五章　医術ギルドからの謝罪

【ｓｉｄｅ：ヘルダー】

「おいおいおい、なんだか今日はみんな元気がないじゃないか！」

ガイアックギルド長が、従業員たちに呼びかける。

正直、勘弁してくれよ、という感じである。

これだけ働かされてたら、元気も無くなるっていうもんだ。

まさかここまで休みなしとは思わなかった……。

優秀な人たちが働くギルドだとは思っていたけど、スパルタにもほどがある。

しかもガイアックギルド長は容赦なくみんなを罵倒してくるし……。

「おい、ポーション師。疲れに効くようなポーションはないのか⁉」

来たよ、俺に。

本当、新人いびりなのか知らないが、いい加減やめてほしい。

「そんなの用意できませんよ……」

「ふん、無能だな」

「ていうかみなさん働きすぎでは？　一日にそんなに魔力使ったら、そりゃあ疲労しますよ！」

「なに言ってんだ。いつもはこれでやってるんだよ」

「そんな無茶な……」

俺もさすがに疲れたな。

やっぱり一人でポーション部を支えるのは無理がある。

お茶でも飲もうか……。

って、アレ？

このお茶……。

「あの、これって……？」

「ん？　ああ、それは前の無能が置いていったやつだよ。そいつにできることといえばそのお茶を出すくらいだったがな。ガッハッハ」

「これ、かなり上等な魔力増強効果のあるお茶ですよ⁉」

「なに⁉　そんなわけあるか。あいつがそのへんにある素材で適当に作ってただけだぞ？」

「だからみなさん魔力の使いすぎにならなかったんですよ！」

「おい、お前もそれを作れるんだろうな？」

「え⁉　そんなの僕には無理ですよぅ……」

「なに？　お前は平民以下の無能なのかよ？」

「う……」

そんなことを言われても、俺には無理だ。

こんな高度な効果を持ったお茶を入れるなんて……。

すごく慎重な作業が必要になる。

前任者の平民……。

そのポーション師はいったいどれほどの腕前だったのだろうか？

やっていたことがすごすぎて、もはや想像がつかない……！

◇

「くそう……疲れた……」

ガイアックギルド長がそんな言葉をこぼしながら、本日最後の手術を終えた。

口は悪いが、なんだかんだすごい人なんだろうなぁ……。

「もう無理だ……」

――バタッ！

「ガイアックさん⁉」

突然、ガイアックギルド長が倒れた。

きっと魔力切れを起こしたのだろう……。

無理もない。

あれだけ働いたのだから。

まあ少し無謀とも言えるけど。

「とりあえずガイアックギルド長をベッドに運びましょう！」

俺たちは手分けして、ガイアックギルド長を看病した。

◇

「おい、ポーション師！」

ガイアックギルド長の怒鳴り声だ。

あんな人でも目覚めればやはりホッとする。

「よかった、目覚められたんですね⁉」

――ドン！

「……⁉」

ガイアックギルド長は壁を思いっきり叩いて威嚇《いかく》した。

その短絡的な行動は、まるで獣モンスターみたいだ。

おっと、そんなこと思っちゃいけないな。

一応はこれでも上司だ。

「なんです⁉」

「お前のせいだ……！」

「はい？」

「お前が疲労回復のお茶を入れられなかったせいだぞ！」

「そんな！　八つ当たりですよ！」

「うるせぇ！」

――ドン！

また、今度は机を叩く。

「明日までに代わりの方法を考えておけ……。俺が倒れないようにな……！」

「は、はい」

そんなに忙しいのなら、人を雇えばいいのに……。

と思うのだが、口には出さない。

きっとこの人はそんなこと許さないだろう。

金の亡者、守銭奴だろうしな。

まったく、困った上司だよ……。

前任者はこういうとき、どうやって対処していたのだろうか？

◇

【ｓｉｄｅ：ヒナタ】
「万能鑑定《オールアプリーザル》――！」

僕は新たなスキルをふんだんに活用する。

素材鑑定《マテリアルアプリーザル》が万能鑑定《オールアプリーザル》に進化したことによって、格段に使い勝手が増した。

まず、人に対しても使えるし、素材以外の物に対しても使える。

既製品のポーションの成分を確認したりすることもできるなんて！

「ふむ、この薬草はダメだな……」

●薬草（B）
採取から二週間が経過。

完全に劣化するまで八日。


こんなふうに素材の状態についても、詳しく見ることができる。

ますます研究がはかどりそうだ！

「うーん、それはどうでしょうか……？」

突然、ライラさんの声が聞こえてきた。

といっても、ここにライラさんはいないし……。

隣の部屋かな？

僕は作業を中断して、ライラさんの声がするほうへ行く。

また応接室で話し込んでいるみたいだね。

だけどどうも妙だな。

「ですから、その値段ではちょっと……」

「まあまあ、そう言わずに」

揉めているみたいだね。

ちょっと加勢してみようか。

「どうしたんですか？」

「あ、ヒナタくん！　ちょうどいいところに。今呼びに行こうと思ってたところなんですよ。こちら、商人のデルアダさんです」

「どうも。ポーション師のヒナタです」

「おお、あなたがポーション師の方ですか。でしたらこちらの商品の価値がおわかりになるはず」

なになに？

商人さんに促され、僕は机に置かれた商品を見る。

「たしかにこれは……」

「なんと、こちらのポーションが今なら5000Gです！」

「はぁ……まあ、お買い得ですね。とっても」

「そうでしょう、そうでしょう」

僕の目から見ても、たしかにお買い得の商品だ。

だとしたらなんで、ライラさんはさっき揉めていたのだろう。

「ライラさん、なにか問題でも？」

「いえ、特に問題があるわけではないのですが……」

ライラさんは僕に困った顔を向ける。

まあたしかに商人さんの目の前で理由を言うわけにもいかないだろうね。

僕なりに推測してみよう。

僕にもひっかかるところはある。

たしかに、このポーションはお買い得だ。

それも、ありえないくらいに。

もしもガイアックギルド長のような短絡的な人間なら、すぐに飛びつくのだろうね。

でもライラさんは慎重で賢い人だし……。

なにか裏があるのではと考えるのも当然だ。

「デルアダさん、このポーションは本当に、ここに書かれた内容のものなんですよね？」

僕はポーションの説明書を指さして、商人さんに念を押して訊く。

「と、当然ですよ！　もしかしてニセモノとお疑いなのですか？　酷いですねぇ……。このギルドはこれといった理由もなく商品をニセモノ呼ばわりするのですか？」

「いえ、失礼。そういうつもりでは……」

やけに強気な言い分だな。

もしかしたら本当に、お買い得なだけの商品なのかもしれない。

「もしよければ、お手に取ってお確かめくださいな。もしニセモノなのだとしたら、ポーション師の方でしたら、おわかりになるはずです」

「それでは、見させていただきますね」

僕は確認のため、ポーションを一つ手に取った。

そして――。

「万能鑑定《オールアプリーザル》――！」

――スキルを使った。

◇

【ｓｉｄｅ：デルアダ】

俺は商人のデルアダ。

闇の世界ではそこそこ有名だ。

今日も無知で人のよさそうなギルドを騙しにやってきた。

こいつらは根っからの善人ぽいからな。

簡単に騙せそうだぜ。

と思っていたがなかなか疑り深い慎重な連中みたいだ。

それにしても、さっきはドキッとした。

だが大丈夫だ。

「もしよければ、お手に取ってお確かめくださいな。もしニセモノなのだとしたら、ポーション師の方でしたら、おわかりになるはずです」

まあ、並みのポーション師が見ても、わからないように細工はしてあるがな……。

このポーションは下級回復ポーションを上級回復ポーションに見えるように細工してあるのさ。

特殊な魔法で細工してあるから、まずバレることはない。

実際に使用するまではな……。

「それでは、見させていただきますね」

ポーション師が俺のポーションを手に取る。

まあいくら見てもわかりっこないから、存分に見るといい。

「商人さん、最後にもう一度確認しますが、これは本当に、上級回復ポーションなのですね？」

「いやだなぁ、そう言ってるじゃないですか！」

やけにしつこいな。

だがその分、一度騙せばいいカモになってくれそうだ。

「はぁ……」

ポーション師がため息をつく。

「？」

なんのつもりだ？

「これはどう見ても、上級回復ポーションではありませんね？」

「は⁉」

どういうことだ⁉

バレるはずはないのに！

まさかコイツ、ポーション師というのは嘘で、名うての大魔法師とかなのか⁉

いや、そんなはずはない。

偽装は完璧だったはず！

ここは強気でいこう。

「どどどど、どういうことだ‼　うちのポーションにケチをつける気か⁉　証拠を見せろ！　証拠を！」

「万能鑑定《オールアプリーザル》、それが僕のスキルです」

「なんだと⁉　そんなスキル、一介のポーション師ふぜいが使えるわけないだろう」

「それが使えるんですよ……。最近ちょっとね……」

「だったら、このポーションの成分を言ってみろ！　それが本当ならできるはずだ」

「いいですよ？　これは……上級回復ポーションではなく、下級回復ポーションに偽装《フェイク》の魔法でカモフラージュしたものですよね？　違いますか？」

な……！

その闇魔法の名前まで言い当てるとは……！

こいつは何者なんだ？

「くそ！　商売あがったりだ！　ポーションを返せ！　こんなギルド、潰れちまえ！」

◇

【side：ヒナタ】

「くそ！　商売あがったりだ！　ポーションを返せ！　こんなギルド、潰れちまえ！」

商人さんは、そう言って部屋を出ようとする。

「ええ、こちらとしても、ぜひお引き取り願います」

僕は商人さんにポーションを投げ渡す。

それを受け取ると、彼はそそくさとギルドを後にした。

「ヒナタくん……助かりました。まさか商品が本当にニセモノだったとは……！　さすがです！

ヒナタくんがいなかったら、まんまと騙されていたかもしれません」

「いや、僕はスキルを活用しただけですよ。それもたまたま進化したスキルですし」

「いえ、スキルが進化したのもヒナタくんの実力ですよ！」

「ええ？　そうですかね……？」

あまりその実感はない。

スキルアップポーションを作れたのも、たまたまだし……。

「さっすがヒナタ先輩っス！　自分の未熟な判断力では、ポーションがニセモノだとは見抜けませんでした！」

「いやいや、大したことではないよ」

どうやらウィンディも見抜けなかったみたいだね。

それだけ巧みに仕掛けがされていたんだね……。

「今回は鑑定スキルに助けられたよ……」

「そんなことないっスよ。先輩ほどの人なら、きっとスキルがなくても見抜いてたっス！」

「そうかなぁ？　どうだろうね……？」

正直、自信は半々といったところだ。

「そうですよ！　私もそう思います！」

と、ライラさん。

まったく、ライラさんもウィンディも大げさだなぁ。

まあともかく、騙されることがなくてよかった。

ああいった悪徳商人も、最近は増えているし、気を付けなくてはいけないね。

「一応、他のギルドにも報告しておきましょうか？」

「そうですね、他に騙される人が出る前に、お知らせしましょう」

僕たちはその日のうちに報告書を書き、商業ギルド協会に提出した。

これで安心だ。

◇

【side：ガイアック】

「ダ、ダメだ……。やっぱりこのままではダメなのか？」

俺は机に突っ伏しうなだれる。

新しいポーション師を雇ったはいいが無能だし……。

このままじゃ赤字がかさむばかりだ。

俺は間違っていたのか？

いや、そんなはずはない。

「そうだ！　ポーション師をもっと雇おう！」

「でもギルド長、それだと元も子もないのでは……？」

「うるさい！　他にどうしろと言うのだ!?」

――ドガ！

俺はレナを壁に突き飛ばす。

まったく、ストレス発散にしか使えないゴミめ。

「とりあえず、ポーション部の人員を補充するまでの間、さらに市販のポーションを買うぞ。それでなんとか場をつなぐんだ」

「結局お金がかかってしまっている気が……」

「は？　まだ口答えすんの？」

「いえ、すみません……」

そもそもはあのヒナタが満足いく働きをしていれば問題はなかったのだ。

アイツが無能だったから俺も魔が差した。

その結果がコレだ。

結局、なにをするにも金がいる。

だが幸い、このギルドにはまだまだ金があるからな。

前任者である父のころからの貯金がたんまりと残っている。

俺がよほどのへまをしない限りは、潰れることはないだろう。

「そういえば、酒場で聞いた話だが、最近話題のブランドもののポーションがあるそうなんだ。なんでもものすごく安いらしい」

「さすがギルド長は耳が早いですね。さっそくその商人を呼びましょう」

俺の提案に、キラが相づちを打つ。

「そうだろうそうだろう、はっはっは。では、取り次ぎ、頼んだぞ」

「はい！」

こうして、俺は急場しのぎでポーションを取りそろえることにした。

まったく、無能のしりぬぐいは疲れるよ……トホホ……。

◇

「わたくし、商人のデルアダと申します」

「俺はギルド長のガイアック・シルバだ。まあ座れ」

キラが連れてきた噂《うわさ》の商人は、デルアダという髭面の男で……。

まあとにかく不気味な雰囲気の奇妙な人物だった。

なんだかニヤついた顔の、気色悪いヤツだ……。

まったく、こんなやつでも商売ができるんだから、商人ってのは楽な仕事だよ。

まあ魔法医師に比べればどんな職業でもクソみたいなものだがな。

「で、噂のポーションというのは本当にあるんだろうな？」

「はい、もちろんです！」

「さっそく見せてもらおうか」

「はい、なんとこちら！　下級回復ポーション並みのお値段で、上級回復ポーション並みの回復力を備えた、特製のポーションなのです！」

「ほう……」

こいつは今までの商人と違って、話のわかるヤツのようだ。

話が手っ取り早くていい。

「おい、一応確認してくれ……」

俺はポーション師のヘルダーを呼びつける。

「これは信頼できるポーションか？」

「え？　そんなのわかりませんよ！」

は？

ヘルダーはポーションを見るなりそんなことを言う。

どういうことだ？

「お前ポーション師のくせに、ポーションの良し悪しもわからないのか⁉」

「市販のものならわかりますが……こういった特注品の類は、自分はちょっと……」

「おいおい、無能かよ」

「す、すみません……」

まったく、なんのためのポーション師なんだか。

呆れるぜ。

だが、俺の心配するようすを見て、商人が口を開いた。

「ギルド長さん、そう心配なさらなくても、これは信頼できる商品ですよ？　うちが保証します！」

「お、そうか？」

「はい！　まさかあの有名なガイアックギルド長を騙そうなんて、考えてもいませんよ！」

「そうか、疑って悪かったな！　ガッハッハ」

まあ保証すると言ってくれてるし、大丈夫だろう。

「よし！　買おう！」

「まいどあり！」

こうして俺は、商人のデルアダから大量のポーションを買いつけた。

◇

「……で、どうしてこうなった？」

受け取ったポーションを、後日使ってみたところ——。

「これじゃあ下級回復ポーションに毛が生えた程度じゃないか！」

ポーションの効果はお世辞にも高いとは言えないものだった。

聞いてた話と違うじゃないか！

俺は騙されたのか!?

「どうやら、一杯食わされたようですね……」

「うるさい！　そんなことはわかっている！」

「どうしますか？　デルアダを捜し出しますか？」

「当たり前だろ！　こんなもの返品だ！」

数時間待って——。

「ギルド長、デルアダの事務所に行ったのですが……」

「？」

「すでにもぬけの殻でした……」

「なんだと⁉」

俺は頭が沸騰して、はらわたが煮えくり返りそうだった。

脳の中がぐつぐつぐつぐつ。

血管が千切れる！

「ぐおおおおおおおおおおおおおおおおおおおお‼」

「ギルド長⁉　お気を確かに！」

「くそくそくそ！　許せない！」

「言葉もないです……」

赤字はかさむばかり……。

いったいこれから俺はどうすればいいんだ⁉

せっかく俺のバラ色の人生が始まったと思ったのに！

◇

【ｓｉｄｅ：デルアダ】

「っくっくっく……」

俺は大金を握りしめ、いい気分だった。

「世界樹《ユグドラシル》のポーション師は優秀で騙せなかったが、さっきの医術ギルドはいいカモだったな……」

そう、俺は悪質商品を騙して売る、悪徳商人。

騙されるほうが悪いのだ！

「それにしても、ガイアックとかいうあの男。部下のせいにしていたが、本当に無能だな……」

◆

悪徳商人の罠を、スキルを駆使し華麗にくぐり抜けたヒナタだったが――。

一方のガイアックはというと、愚かにもまんまと騙されてしまったのだった。

◆

【ｓｉｄｅ：ヒナタ】

いつも通り、ギルド内の倉庫に籠って、研究をしていたある日のことだった。

「よし、ここをこうして……」

鑑定スキルのおかげもあって、研究は思ったよりもうまく進んでいた。

といっても、これは偶然だったのかもしれないけど……。

「できた……！」

なんと僕は【全状態異常回復《オールキュア》ポーション】を作り出してしまったのだ！

「これは革命的だぞ……！」

さっそくライラさんに報告しなくちゃ……！

「ライラさん！」

僕は勢いよくギルド長室の扉を開け、中へ入る。

「ヒ、ヒナタくん……!?」

そこにいたのは……下着姿のライラさんだった……。

「あ！　すすす、すみません……！」

僕は赤面して、数秒硬直したのち、勢いよく扉を閉めた。

まさかライラさんが着替えの最中だったなんて……。

確認してから入るべきだった……。

でもあまりの成果に興奮してしまって、その可能性を失念していた。

申し訳ないことをしたな……。

「ヒヒヒ、ヒナタくん！」

「は、はい！」

「み、見ましたか……？　見えましたよね？」

「い、いえ……な、なにも見てないです！」

——嘘である。

ハイ、僕は今嘘をつきました。

だけど仕方がないよね。

まさか素直に全部見ましたなんて言えるわけがないし……。

これが一番平和に済む返答だろう。

「な、ならいいのですが……」

「す、すみませんでした！　ノックをするべきでした」

「い、いえ。大丈夫です！　カギをかけてない私が悪いんです！　そ、それに……ヒナタくんになら見られても問題ありません……」

うん……？

最後のほうがよく聞き取れなかったような……。

いや、ちゃんと聞こえてはいるんだけど。

耳を疑う、というか。

いや、そんなはずはない。

ライラさんがそんなこと言うはずがないもんね。

「それで……そんなに慌ててなんの用事だったんですか？」

「あ、そうだ！　本題を忘れてました」

僕は先ほど完成した全状態異常回復《オールキュア》ポーションをライラさんに見えるよう、机の上に取り出す。

「こ、これは……！」

ポーションが放つ異様な輝きに、ライラさんも釘付けだ！

普通のポーションと違って、この万能のポーションは黄金色にきらめいている。

「全状態異常回復《オールキュア》ポーション、通称——万能《オール》ポーションです」

「ヒナタくん……、とうとうとんでもない代物を完成させてしまいましたね……」

「や、やっぱり……まずいですかね？」

「いえ、そういうことじゃないです。これはすごい発明ですよ？」

「ありがとうございます」

「万能《オール》ポーションの完成は、全冒険者の——いや、全人類の夢でしたからね」

今までのポーションだと、毒や麻痺などの状態によって、ポーションを使い分けなければならなかった。

それに、上位の魔物《モンスター》ほど、複数の状態異常を重ねて使ってくるから、冒険者には死活問題なのだ。

「ですがこれは、あまりにも再現性にとぼしくて……」

「まあ、そうでしょうね……。こんなものが量産できてしまったら、それこそ天地がひっくり返るような大事件ですもんね」

「正直、売りものにするのは難しいかもしれません」

「そうですか……でも、ヒナタくんの発見は、無駄じゃないですよ！」

「まあ、一部の貴族やSランク冒険者に、高額で限定品として提供する、という形ならなんとかなりますもんね」

「そうじゃなくって……」

「？」

どういうことなのだろう？

せっかくのレアポーションなのだから、少ない数でも売り物にしたほうがいいと思うんだけどなぁ。

「このポーションは、まず、妹さんに使ってあげてください」

「え⁉　いいんですか⁉」

ライラさんからのまさかの提案に、僕は涙が出そうになる。

なんて優しい人なのだろうか？

「そのために、作ったんですものね？」

「ま、まあそうですけど……！　でも、これはギルドからの研究費で得たものですし……」

「そんなこと気にしないでください。私たちがヒナタくんからもらったもののほうが、何倍も大きいんですから……！」

「ライラさん……」

万能《オール》ポーションが、妹の病気に効くかどうかはまだわからない。

ヒナギクの病気は、状態異常なんかとはまるで無関係のものなのかもしれない。

だけれど、確かに僕は、わずかな可能性でもあるのなら……！

それからの僕はもう無我夢中だった。

ライラさんにお礼を言い、必死で家まで走った。

――バン！

勢いよく家の扉を開く。

「お兄様!?　どうしたんですの？　こんな早くに、それにその手に持っているのはまさか……！」

アサガオちゃんが目を丸くして、僕を出迎える。

「そうだよ」

僕はアイコンタクトをアサガオちゃんに送る。

多くは語らない。

アサガオちゃんは無言で唾《つば》を呑《の》み込んだ。

そのまま僕も無言で家の中へ進む。

「ヒナギク！」

そしてヒナギクが寝ているベッドの元へ……。

「兄さん……？」

「ほら、薬《オール》だよ」

僕は万能ポーションをヒナギクへ口移しで飲ませる。

最近のヒナギクはますます弱ってきていて、自分でものを飲み込むことも難しい。

「ん……」

「ほら、飲むんだ」

僕がヒナギクの唇に優しく触れると、ポーションは抵抗なく彼女の喉奥へ流れ込んだ。

——ゴキュゴキュゴキュ

「兄さん……！」

するとヒナギクの身体がほてりはじめ、金色に薄く光った！

ポーションの成分が、身体から湧き出ているようだった。

「ヒナギク！」

みるみるヒナギクの顔色がよくなっていく。

「兄さん、少し楽になったなの……！」

「そうか、よかったよ！」

どうやらポーションだけで完全に回復とはいかないまでも、少しの効き目はあったみたいだ。

きっとヒナギクの病状は、いろんな要素の重ね合わせで起こっているのだろうね。

その中でも状態異常の症状が消えただけでも、かなり楽になったのだろう。

問題は、残った症状がどういった類のものなのかってことだけど……。

それはまたこれから研究を進めていくしかないね。

「すごく、痛みが減ったなの〜！」

「本当によかった……！」

「ありがとうなの、兄さん」

「いつか必ず完全に回復させてみせるからね……！」

僕はヒナギクをぎゅっと抱きしめた。

◇

「ライラさん、本当にありがとうございました」

「妹さん、少しでもよくなってよかったですね」

「はい！　おかげさまで」

僕は翌日、ライラさんに改めてお礼を言いに行ったよ。

ヒナギクはあれから、自分でご飯を食べられるくらいまで回復した。

まだまだ安静にすることが必要だけど、状況は上向いたと言えるね。

「それにしても、本当によかったんですか？」

「いいんですよ、ヒナタくんなら、もっとすごいポーションでもなんでも、すぐにもっとたくさん作り出せるようになりますから！」

「そうだといいですけど……！」

すごく期待をされているみたいだから、これからも頑張りたいね。

◇

結局、万能《オール》ポーションはそのあともたまにだけど、調合に成功したよ。

限定のプレミアム商品ということで、かなりの利益になったみたいだ。

◇

【side：ガイアック】

「はぁ……疲れたなぁ……」

俺は足を組んで大げさにため息をもらす。

——チラ
ポーション師のヘルダーへ、ガンを飛ばす。

「おい！　疲れたって言ってるんだが？」

「す、すみません！」

ヘルダーは大急ぎで俺の元へやってくる。

こうした圧力も上司の立派な役目なのだ。

「失礼します」

ヘルダーは俺の後ろへ回り、肩へと手をやる。

「おいなにやってる⁉」

「肩をもませていただこうかと……」

「気色悪い。男なんかに触られたくないんだよ！　マッサージならレナにやってもらうわ！　触るな俺から離れろ！」

「す、すみません！」

まったく、気の利かないヤツだ。

アホだな。

「俺が言ってるのは、疲労回復効果のあるお茶のことだよ！」

――ドン！

俺は机を叩いて威嚇する。

「ですから、以前も言った通り、自分にはそんなものは作れませんよ。どうしてもと言うのでしたら前任者の方に方法を訊いてくださいよ」

「は!?　ヒナタに訊けというのか？　そんなことできるわけないだろ!?」

「知りませんよ……」

「そうじゃなく、俺が言ってるのは代わりの方法を探せということだ。前も言っただろう？　なんとか俺の疲労を癒《いや》せ！　お前、ポーションを師だろう？」

「それはポーション師の仕事ではないですよ……」

「うるさい！　とっとと仕事にかかれ！」

まったく、やれやれだぜ。

◇

「ガイアックギルド長、お疲れ様です」

翌日、ヘルダーが性懲りもなく俺に話しかけてきた。

「なんの用だ？　俺はいそがしいんだが？　それに、お前のせいで疲れもたまっている」

「ですから、これをどうぞ。代わりの方法を用意しました」

昨日の今日でもう改善してくるとは、なかなかやるなコイツ。

「そうか、ん？　これは？」

ヘルダーが俺に差し出したのは、お茶でもポーションでもなく――。

「なんだこれ？」

なにやら棒状の果物に、液体をしみこませたもののようだが……。

「これは世界樹《ユグドラシル》の果実です」

「世界樹《ユグドラシル》の果実？　世界樹《ユグドラシル》といえばどこかで聞いた名だな……？」

まあ俺が他の弱小クソギルドの名前なんかいちいち覚えているはずはないが。

医術ギルド以外はそもそも全部クソだしな。

「それもそうですよ、世界樹《ユグドラシル》といえば、今絶好調の商業ギルドですからね！」

「ふん、知らんな。で、その果実とやらがなんだって？」

見た感じ、どす黒い果物で、おいしそうには見えない。

まして、これと疲労回復とどういった関係性が？

「これはその世界樹《ユグドラシル》ギルドが開発したオリジナルブランドのスティック型ポーションなんですよ！　なんでも、労働者や冒険者の間で疲労回復によく効くと噂で……」

「ふん、スティック型ポーションだと？　そんな得体のしれないものを……」

「まあ一口食べてみてくださいよ、せっかくギルド長のために買ってきたんですから」

「うーん……」

においを嗅いでみる。

かすかにアルコールの風味。

まあ味はそこそこと言った感じか……。

「む……!?」

「!?」

「これはすごいぞ！」

「でしょう!?」

みるみるうちに身体に力が湧いてくる。

果物にしみこませたポーションをゆっくり噛んで摂取するからか知らないが……。

とにかく噛めば噛むほど、疲労が回復していくのがわかる。

「しかもアルコールがいいアクセントになっていて、果物の苦みと相まって……。独特な味を生み出している!?　これを生み出したヤツは天才か!?」

「なんでも、これを開発した人物はポーション師らしいですよ？」

「は？　ポーション師にこんなことができるわけないだろう？　いい加減にしろ！　自分を認めてほしいからっていい加減な嘘をつくな！　仮にその話が本当だとして、すごいのはそのポーション師であってお前ではないからな？」

「わかってますよ！　でもこの話は本当なんです！」

「ほう……まあポーション師の中にもマシなヤツがいたというわけだな。まったく、お前もそいつくらい優秀だったらなぁ……」

「す、すみません……」

まあこんなにいい商品を教えてもらったのだ。

ヘルダーにも点をあげてもいいかもな。

ま、それでもポーション師な時点でクソだけどな！

「あ、そうだ！　その世界樹《ユグドラシル》とかいうギルドの件のポーション師、そいつを引き抜けばいいんだ！」

「はい？」

「そうすれば問題が一気に解決するぞ！」

「まあ確かにうちのギルドには僕しかポーション師はいませんし……。増員は正直助かりますが」

「そうだろう？　そんないい商品を作るポーション師なのだから、きっと優秀な人物に違いない」

「まあそうでしょうね」

「おい、ヘルダー。お前、ちょっと世界樹《ユグドラシル》に行って勧誘してこい。同じポーション師どうし、話もしやすいだろう」

「ちょっと行ってこいなんて簡単に言いますけど……。引き抜きってそう簡単じゃないですよ……？」

「うるさいな、とっとと行け！　もし失敗したらお前もクビだからな」

「まったく無茶言いますね……」

「は？　なにか言ったか？」

「いえ、なにも……。行ってきますよ……」

ふん。

初めから素直に従えばいいのだ。

ヘルダーはしぶしぶギルドを出かけていった。

果報は寝て待てというからな……。

俺はヤツが帰ってくるまで寝て待つとするか……。

◆

ガイアックはまだ知らない――。

世界樹《ユグドラシル》がヒナタの所属するギルドであるということを……。

そして、件のポーションを開発したのもヒナタであるということを。

◆

【side：ガイアック】

「ギルド長、ただいま戻りました」

しばらくして、ポーション師の勧誘に行ったヘルダーが帰ってきた。

ヘルダーには世界樹《ユグドラシル》ギルドの優秀なポーション師の引き抜きを命令していたのだった。

「おう、早かったな。それで？」

「それが……見事に断られました……」

「なんだと!?　無能だな。金は積んだんだろうな？」

「それが……どうも金では動かないタイプのようで……」

しらじらしい。

金が欲しくないヤツなどいないだろうに。

どうせコイツの勧誘方法が下手だっただけだろう。

「ようし、それなら俺が直接勧誘に行こうじゃないか。ギルドの長が直々に会いにいくのだからさすがに断ったりはしないだろう。それに俺もそんな優秀なポーション師の顔を見ておきたいからな」

「そうですか。案内します」

俺はヘルダーに連れられるまま、商業ギルド――世界樹《ユグドラシル》へ向かった。

◇

「ここが世界樹《ユグドラシル》か……」

見るからにしょぼくれたギルドだな。

建物自体は新しめのキレイな感じだが、なにせオーラというものがない。

ま、所詮は商業ギルドだからな。

「こんなところで働いているヤツだ。簡単に引き抜けるだろうな。だって俺のギルドのほうがいいに決まっている」

「そうだといいですが……」

俺たちはとりあえずギルドの受付に話を通す。

「おい、ここのポーション師に会いたい。世界樹《ユグドラシル》の果実という商品を作ったヤツだ」

「はい、それでしたらこちらへ……」

俺たちは応接室のようなところへ案内される。

みすぼらしいギルドにしてはまともな対応だ。

「遅いな……」

「まだ一分も経ってませんよ……」

「黙れ」

しばらく待たされる。

すると急に扉が開き、一人の青年が顔を出した。

「お待たせしました……。このギルドのポーション師です」

さて……、どんな顔のヤツなのかな……？

——現れたのは、俺もよく知った顔の人物。

ヒナタ・ラリアークだった。

「な……⁉　なぜお前がここに⁉」

「ガイアックギルド長こそ……！」

「俺は世界樹《ユグドラシル》の果実を作ったという、優秀なポーション師に会いに来たんだが？　お前のようなクズに用はない」

「はぁ……」

ヒナタは小さく嘆息する。

相変わらずのいけ好かないヤツだ。

「ですから、僕がそのポーション師ですが……」

「は？　そんなはずはないだろう？　お前のようなクズポーション師が、こんなにいい商品を作れるはずがない！」

「本当ですよ。嘘だと思うなら他の人にも訊いてみてくださいよ……」

「なんだと⁉　本当にお前がコレを……？」

俺はもうなにがなんだかわからなかった。

あんなに無能だったヒナタが、こんなにいいポーションを作るなんて信じられない。

俺の下では実力を隠していやがったのか……？

それがこのギルドに移籍したとたんに、こんな成果を……？

それじゃあまるで俺が馬鹿みたいじゃないか……！

許せない！

認める訳にはいかない！

「ま、まあいい……。お前がこのポーションを作ったのなら、それでもいい。なんだってかまわないさ」

「はぁ……？　それで、僕に今更なんの用なんですか？」

「そうだ。お前、もう一度俺の医術ギルドに戻ってこないか？　どうせこんなちっぽけな商業ギルドじゃあロクな仕事がないだろう。お前がどうしてもというならもう一度雇ってやってもいいぞ？」

「は？」

どうだ、これぞ完璧な勧誘だ。

俺は寛大だからな。

大きな心で過去の過ちをも許せるのだ。

「そんなの嫌ですよ。戻るわけないじゃないですか……。僕にしたことを忘れたんですか？」

「は？　俺はお前によくしてやっただろう？　なんで嫌なんだ？　俺の下で働けるのは光栄だろう？」

「は？」

「そんなわけないじゃないか！　まったく、救いようのない人だ……」

どうやら俺は完全に舐められているらしい。

キレちまったよ……。

俺はヒナタに殴りかかろうとする。

「ギルド長！　抑えてください！」

「やめろ！　放せ！」

ヘルダーが俺を羽交い締めにする。

なんだコイツ？

俺は怒りで頭がどうにかなりそうだった。

◇

【side：ヒナタ】

突然ガイアックギルド長が訪ねてきたから何事かと思ったけど……。

まさか今更僕を連れ戻しに来たなんて……。

「放せよ！」

僕の目の前では、ガイアックギルド長が部下の人に羽交い締めにされている。

まったく、こんなところで暴れられてはいい迷惑だ。

自分の怒りや感情を抑えられない人って、本当に人として未熟で嫌になるね。

こんな大人にだけはならないでおこう……。

「ガイアックさん、これ以上なにか問題を起こすようでしたら、お引き取り願います」

僕はあくまでも相手を刺激しないよう、丁寧に告げる。

「うるさい！　俺のところに戻ってこい！」

「うるさいのはあなただ。僕はこのギルドで幸せに働いているんです。今更そんなことを言ってももう遅いですよ！」

僕は扉を開け、ギルドのセキュリティに声をかける。

こういうときのために、応接室の前には屈強なガードマンが待機しているのだ。

「お客さんがご乱心です。おかえりのようなので、外までご案内してください」

僕がそう言うと、ガードマンの男性はガイアックギルド長を取り囲んだ。

「なんの真似だ⁉　俺はお客だぞ？　医術ギルドの長だぞ？」

「礼儀のなっていない客人に用はありませんよ」

ガイアックギルド長はそう一蹴され、ガードマンに連れられていった。

あとに残ったのは、僕とガイアックギルド長が連れてきた部下の男性。

「どうも、うちのガイアックギルド長がご迷惑をおかけしまして。すみません……」

「いいえ、あの人にはホント、困りますものね……。僕もよくわかりますよ」

部下の男性が頭を下げてきた。

まあ、彼も苦労しているんだろうな……。

以前の僕みたいに。

「申し遅れました。自分はガイアックギルド長のギルドでお世話になっている、ポーション師のへルダー・トランシュナイザーと申します」

「あ、僕は世界樹《ユグドラシル》のポーション師、ヒナタ・ラリアークです」

「ギルド長とはどういったご関係で？　どうやら訳ありのようですが……」

「いや、以前僕は彼の下で働いていたんですよ……」

「え⁉　あなたが前任者の方ですか⁉　でしたらあの疲労回復効果のあるお茶もあなたが⁉」

「ええまあ……」

「いやあ本当にすごいです。それに、世界樹《ユグドラシル》の果実も素晴らしい商品でした」

「それはどうも」

そんなに褒められると照れるな。

しかも同じポーション師の人に……。

見るからにこの人は貴族だろうし、大学も出ているだろうね。

そんな人からも認めてもらえるなんて。

「余計なお世話かもしれませんが、あなたもあんな医術ギルドは早く辞めたほうがいいですよ？　あそこにいて得るものはなにもありません」

「ええ、それはもう、さっきのガイアックギルド長の行動を見ていてはっきりと感じました。元々酷い扱いにはうんざりしていたので、明日にでも辞めるつもりです」

「それはよかったです。どうです？　あなたもうちで働きませんか？　僕からライラさんに――あ、ここのギルド長に、話をつけておきますよ」

「え⁉　いいんですか⁉」

「ちょうど、ポーション師は僕を含めても二人しかいませんのでね」

「いやぁ、ヒナタさんのような優秀なポーション師の下で働けるなんて！　ぜひお願いしますよ！」

ヘルダーさん。

彼とは同じ思いを経験した者どうし、上手くやっていける気がするなぁ。

とにかくもう、ガイアックギルド長とは関わりたくないなぁ……。

◆

自分の身勝手な理由で行動したガイアックは、新しいポーション師を得るどころか、ヘルダーの信頼までも失ってしまった……。

一方でヒナタは、ヘルダーという可哀そうなガイアック被害者を救済することで、さらなる感謝をされるのであった。

◆

【side：ヒナタ】

「ヒナタくん、今日午後から商人さんと商談があるので、同席してくれますか？」

朝ギルドにて、ライラさんからそんなことを言われた。

僕が商談に同席？

まあ確かに以前からもそういったことはあったけど……。

「いいですけど、どうして？」

「以前もヒナタくんがいてくれたおかげで助かりましたからね……」

「あれはたまたまですよ」

「いえ、ヒナタくんには確かな商才があると確信しています。それにいてくれるだけで私も安心できます」

そんなふうに言ってもらえると、僕としても嬉しい。

僕もライラさんの力になれて嬉しいな。

「まあ僕に商才があるかはわかりませんが……。僕でよければいくらでもご一緒しますよ」

「ありがとうございます」

◇

「私は商人のグスクです。よろしくお願いします」

今日の商人さんは、また新しい人だね。

正直、いろんな商人さんがいすぎて、名前と顔が覚えられないよ……。

「では、さっそく商談に取り掛かりましょうか……」

それほど複雑な取引じゃなかったから、商談はスムーズに進行した。

「では、そういうことで……よろしくお願いします」

「こちらこそ、よろしくお願いします」

そんな感じであっという間に話がまとまった。

「ヒナタくんのおかげで、スムーズに取引ができました」

「いえ、僕はなにも……」

ライラさんと話していると、商人さんが口を挟んできた。

「おや？　お二人はお付き合いされているのですか？」

「へ？　おおおおお、お付き合い？　そそそそんなことはありません！」

僕もライラさんも、同時に顔を見合わせて、赤面する。

「おや、そうでしたか……。いや、仲がよさそうでしたので……」

「そ、そうですか……」

まったく、商人さんも余計なことを言う……。

そしてそれをごまかすように——。

「で、ではヒナタくん。グスクスさんを出口までお見送りしてあげてください」

「は、はい！　そうですね……。では、こちらへ」

僕はライラさんから逃げるように、商人さんを連れて部屋を出る。

そしてそのまま外へ。

商人さんの馬車はギルドの前に停めてあって、たくさんの荷物が詰め込まれている。

そしてその中には――。

奴隷紋を刻まれた女の子の姿――。

「グスクスさん……、これは？」

「なに、獣人の奴隷ですよ……。もしかしてお気に召しましたか？　でしたらお譲りしますよ？　でもいいんですか？　あんなにキレイなギルド長がいるのに」

グスクスさんはまだ笑いながら、そんなことを言う。

だが僕の心の中は穏やかではなかった。

奴隷の子は確かにたくさんいる。

ありふれている。

でも……。

この子は――。

「彼女、病気じゃないですか……。治療をうけさせないと」

「ああ、いいんですよコイツは。所詮は奴隷なんで」

なんだって⁉

僕は耳を疑った。

真面目な商人さんだと思っていたのに。

人っていうのはわからないものだな。

「ダメですよ！　かわいそうじゃないですか！」

「は？　なにを言ってるんだアンタは？　いいですか？　奴隷にそんなお金はかけられませんよ！　まあ別にこんな獣人、死んでもどうってことないですから」

あ、この人最低な人だ……。

たしかに奴隷は大事に扱われることのほうが少ないけど……。

僕はこんなかわいい女の子を放っておけない。

「それに、もうこれは助かりませんぜ？　せいぜい死ぬまで荷物運びでもさせて元をとるとしますよ。こんな病気のやつは性奴隷にもできませんしね」

なんてヤツだ……。

黙っていれば次々と暴言が出てくる……。

僕は許せなかった。

もう助からないからって見捨てるなんて。

命をそこであきらめてしまうなんて、僕は絶対に認められない！

脳裏にヒナギクのことがちらつく。

絶対に治らない病気なんてないんだ……。

僕はそれを証明してみせたい！

僕は意を決して、口を開いた。

「お言葉ですが、商品の状態も管理できないような人とは今後、取引できませんねぇ……」

「は？　なんだと？　もういっぺん言ってみろ」

「ですから、奴隷だとしても……、それを大事に扱うことが商人としての責任では？」

「べつにこいつが死んでもかわりの商品はいくらでもあるんだ！　腐りかけの薬草（F）をいつまでも大事に取っておく馬鹿がどこにいる？」

この人は、商人としても腐ってる……！

もちろん人としても間違っている。

僕は腐りかけの薬草だとしても、扱い方一つで有効活用できることを知っている。

今までだってそうしてきた。

そして僕だって、一度は前の職場で無能と見なされたけれど……。

今ではこうして幸せに暮らせている。

一度だめだって思っても、人はまた変われるんだ！

絶対にダメな人なんていない。

あきらめてしまったら、見捨ててしまったら、そこで終わってしまうんだ！

「もういいですか？　もめごとはごめんなんで。帰らせていただきますよ……」

「ええ、お引き取り願います。もうあなたとは取引できません」

「ふん、クソギルドめ。偽善者は大変だな……？」

「でもその前に……、お忘れ物ですよ？」

僕はグスクスさんに大金の入った袋を差し出す。

「こ、これは……なんという大金！」

「そちらの奴隷をもらっても？」

僕は先ほどの獣人の少女を指さす。

「ふん、かまわん、どうせ利益にもならんようなゴミだ。それがこんな大金に化けるなら、問題はないですよ……」

「では……」

グスクスさんは少女をその場に置いて、馬車で駆けていった。

商人さんが去って、僕と奴隷の少女がその場に残された。

「まったく……本当にお人好しですね、ヒナタくんは」

声がして後ろを振り向くと、そこにはライラさん。

「すみません……、勝手なことをして」

「いいんですよ。ちょうど私もあの手の商人にはうんざりしていました」

「そうなんですか？」

「ええ、それに、ヒナタくんの気持ちもわかります」

「ライラさん。ありがとうございます」

「さっきのお金もギルドでもちましょう」

「え!?　いいんですか!?」

「当然です。ヒナタくんがこのギルドにもたらした利益を考えればね……。そんなことより、早くそちらの獣人の少女を治療しなくては……！」

「そ、そうですね！」

獣人の少女はまだ状況を理解していないようすで、きょとんとしている。

それもそうだろう、ずっと奴隷として過ごしていたら、いろんな感情が鈍くなるものだ。

「ほらおいで治療してあげよう」

僕は彼女の手を引いて、ギルドの医務室へと急ぐ。

ライラさんも後に続く。

こんなとき、役に立つのは万能《オール》ポーションだ。

数は少ないけど、まだ残っていたはず。

「さあ、飲んで」

「ん……」

――ゴキュゴキュ
ポーションを飲むと、獣人の少女の身体はみるみるうちに癒されていった。

どうやら彼女の病状は、ヒナギクとは違って普通の状態異常だけだったみたいだね。

すっかりよくなったみたいだ。

ヒナギクの病気もこんなふうに万能《オール》ポーションだけで回復すればよかったんだけどね……。

「さっそく、万能《オール》ポーションが役に立ちましたね！」

「よかったです。これもライラさんのおかげです」

「いえいえ、ヒナタくんのおかげですよ」

で、これからどうしようか?

僕はあらためて獣人の少女に向き直る。

さっきまでは苦しそうにして喋れなかったみたいだけど。

どうやらもう平気そうだね。

「あの、ありがとうございます。わたしをここに置いてください」

たどたどしく少女はそう言った。

獣人はあまり言葉が達者じゃないんだよね。

「「もちろん! ただし、奴隷としてではなく……仲間として!」」

僕とライラさんは、満面の笑みで彼女を受け入れた。

こうして、獣人の少女——クリシャ・ウォンがギルドの新たな一員となった。

◇

それからしばらくして、場所はギルド内のとある一室。

クリシャには温かいスープを用意して、くつろいでもらっている。

「あの、なにか役目をください」

獣人の少女——クリシャは、僕に泣きそうな目でそう訴える。

「え? 役目?」

「そうです、ここに置いてもらうのでしたら……なにかお返しをしなければなりません」

「うーん、とはいっても僕が勝手にしたことだし、そんなふうに思う必要はないんだけど……」

「そうはいきません」

もしかして、助けたことで勝手に重荷に感じさせてしまったかな？

だとしたら少し申し訳ないな。

でも、まあこれから彼女が快適に暮らせるようにサポートしていけばいいだけの話か……。

なんて僕が考えていると……。

――しゅるるるる
クリシャが突然、衣服を脱ぎだした。

「ななな、なにしてるの!?」

「わたしには、このくらいしかできることがありません……」

そう言った彼女の目は、ひどく怯えている。

きっと奴隷として扱われるなかで、そうなってしまったのだろう。

びっくりしている僕を見てなにを思ったか、彼女はまたとんでもないことを言いだした。

「あんしんしてください。わたしはしょじょだから……」

「そういうことじゃなくて!!」

「……？」

「いいから服を着て！」

彼女は本当になんのことかわかってないようだ。

ここまで考えが歪んでしまうなんて……。

今までどんな境遇にいたんだ？

「いい？　僕は君にそんなことをさせる気はないよ。僕が勝手に君を引き受けたんだ。見返りは期待していない」

「でも……」

どうやらなかなか納得してくれないみたいだぞ。

なんとかクリシャに役目を与えるしかないかな？

「そうだ！　獣人ってたしか鼻が利くんだったよね？」

「はい。数メルト先からでも、ご主人を捜し出せます」

「その、ご主人ってのは僕のこと……？」

「そうです」

「はぁ……。ご主人ってのはどうなのかな？」

「……？」

まあいいか……。

「と、とにかく！　その鼻、このギルドならちょうどいい仕事があるよ！」

「ほんとですか!?」

◇

僕はクリシャを倉庫に連れてきた。

「ヒナタ先輩、なんなんスか？　その獣人の子……。自分とヒナタ先輩の倉庫には邪魔ですよ……」

ウィンディがそんな文句を言う。

また面倒なことを……。

「いいから、仲良くして！」

「はぁい。先輩が言うならそうしますっス」

なぜか不服そうだけど……。

なにがそんなに不満なんだろう？

「じゃあクリシャ、このハーブのにおいを覚えてくれる？」

「はい、ご主人」

——クンカクンカクンカクンカ
「じゃあこの薬草の山の中から、さっきのハーブを仕分けてくれるかな？」

「はい！」

クリシャは元気よく返事をし、ささっと仕分けの作業をテキパキこなす。

「すごい！」

「ほんとに、すごいっスね！　先輩！」

どうやらウィンディもクリシャの実力を認めたようだね。

クリシャの鼻を使えば、面倒な仕分け作業もすぐに終わりそうだ。

これならギルドのみんなもクリシャのことを認めるだろう。

「あら、新人さん？　よく働くわねぇ、えらいわぁ」

ベテランのパートのおばさんが、クリシャを見つけてそんなことを話しかける。

「よかった、上手くやっていけそうだね……」

「本当に、先輩はいい人っスね……」

「そうでもないよ……。本当に救いたい人はまだ救えていないから……」

「……？」

「あ、ごめんね。なんでもないんだ」

「先輩……」

ウィンディと話しているうちに、クリシャは仕分け作業を終えていた。

「すごい！　えらいね、クリシャ」

僕は頭を撫でてやる。

「ありがとうございます！　ご主人」

「あ、ずるいっス！　自分も撫でてほしいっス！」

「えー、ウィンディはなにもしてないじゃん！」

「そんなことないっス！」

「はいはい、嘘だよ。いつもありがとうね、ウィンディ」

「えへへー」

ウィンディのこともついでに撫でてやった。

彼女もいい後輩だ。

いつも助かっている。

「ヒナタくん、私も撫でてくれますか……？」

「ライラさん⁉　いつのまに……」

なんだか妙なことになったぞ……。

でもまあとりあえず、ライラさんの頭を撫でる。

すると、僕の頭の上にも手が乗ってくる。

かわいい小さなおててが三つ。

「いつもありがとうございます、ヒナタさん」

「ありがとうっス、先輩」

「助けてくれてありがとうございます、ご主人」

「みんな……」

僕が感動に浸っていると……。

——パーン！

クラッカーの弾ける音。

そして舞い上がる紙吹雪。

「「誕生日おめでとう！　ヒナタ！」」

いつのまにかギルドのみんなが倉庫に集まっていた。

「みなさん……」

そういえば、忙しくて忘れていたけど。

僕は今日誕生日だった……。

「ありがとうございます！」

◇

それから誕生日パーティーが始まり、夜遅くまで大騒ぎが続いた。

パーティーが終わるころにはクリシャもみんなと打ち解け……。

すっかり仲間になっていた。

「よかったよかった……」

◇

【ｓｉｄｅ：ガイアック】

「くそう……もう終わりだ……」

俺は机に突っ伏していつものようにうなだれる。
だが今度こそは本当にピンチだ。
結局、優秀なポーション師とはヒナタのことだったし……。
そのヒナタももう戻ってこない。
さらに、あの日以来ヘルダーも出勤してこないのだ。
俺に黙って辞めるとはいい度胸だが、許せん。
「ギルド長、お気を確かに」
レナが慰めてくれるも、気分は沈みゆくばかりだ。
「これでどうやって正気を保っていられる⁉」
医術ギルドはすっかり荒れ果てていた。
そこらじゅうにゴミが散乱している。
ポーション師がいなくなったのだ。
ポーションを作ることはできなくなった。
市販のポーションを買うにも限界が近い。
買いためてあった分も残り少ない。
もう数日、患者の診療をストップしている。
このまま続けていては、赤字がかさむばかり……。
「これも全部ヒナタのせいだ……」

「ギルド長……」

俺とレナ以外の者は今日は休みだ。

診療がストップしている以上、ここにいても意味ないからな。

俺たちがそうして憂鬱に浸っていると……。

突然ギルドの扉が開いて、事務所に誰か入ってきた。

「ガイアックはいるか……？」

「げ、この声は……」

現れたのは俺によく似た顔立ちの初老の男性。

そう、俺の親父でありこのギルドの前ギルド長——ガイディーン・シルバだ。

「お父様……」

「久しぶりだな……」

「なんの用ですか？　もう引退されたはずでは？」

「お前が上手くやれているのか心配になってな……」

俺がこのギルドを正式に譲り受けてから、数週間。

そろそろようすを見に来たというわけか。

「で、なんだ？　このありさまは……」

「う、それは……」

だが現状はこの通り。

俺は上手くギルドを回せていない。

こんなところを見られてしまっては、言い訳もできないな……。

俺もとうとう終わりか。

「なんでこんなことに？」

「それが、ポーションを上手く用意することができなくて……。完全に失敗しました……」

「ポーション？　ヒナタくんはどうしたんだ？　彼がいればそんなことにはならないはずだが？」

「クビにしました」

「なんだって!?　せっかく私がお前のために優秀な彼をそばに置いたのに……」

「あいつが優秀……？」

どういうことだ？

たしかに親父はやたらとあいつを気に入ってたが……。

それはあいつが上手く媚を売ったからじゃないのか？

「今からでも遅くない。謝って、連れ戻してこい」

「それはできません……！」

「どうしてだ……？」

「そもそも俺はお父様がアイツを気に掛けるのが嫌だったんだ！　あんな出来損ないを評価するなんて！　この俺という息子がいながら！」

——パシ！

頬が痛い。

なにが起こった？

俺は叩かれたのか？

親父に？

「いいかげんにしなさい！　お前がそんなんだからヒナタくんを補佐に付けたんだ。それもわからないほどの愚か者だとは……。我が息子ながら残念だ……」

「お父様……？」

今までぶたれたことなんかないのに……！

ヒナタをクビにしたせいで？

それで俺が殴られなきゃいけないのか？

狂っている。

こんな世界は間違っている！

「間違っている……」

「うるさい！　間違っているのはお前の頭だ」

たしかに……。

親父の言うことも一理あるのかもしれない。

実際、俺はこうやって失敗したわけだしな……。

だけど今更どうしろと？

ヒナタにはもう再勧誘をかけたが、断られたし。

謝ったところで帰ってはこないだろう。

「……」

俺は黙ってその場にしゃがみ込むしかなかった。

「しょうがない、私が行こう」

「え？　お父様が？」

「ああ、私が代わりにヒナタくんに頭を下げる」

「そんな……」

「いいんだ。愚かな息子の尻をぬぐうのも、親の務めだ」

「お父様……」

◆

こうしてガイアック親子はヒナタへの謝罪を決めた。

だがはたしてそれをヒナタが受け入れるかどうか――。

それはまた別の問題だ。

◆

【ｓｉｄｅ：ヒナタ】

僕は早朝から、ギルドの前を掃き掃除していた。

こうしたことも、立派な仕事だ。

「あ、ヒナタくん。おはようございます！」

しばらくするとライラさんが出勤してきた。

「おはようございます、ライラさん」

「朝早くからありがとうございます」

「いいえ、自分のギルドをキレイに保つのは当然ですから」

「でもヒナタくんがこんなことまでする必要はないんですよ？　他にもたくさん頑張っているのに……」

「僕が好きでやっていることですから……」

「本当にヒナタくんは素敵な人ですね」

なんだか朝から照れくさいぞ。

でもライラさんと話すと元気をもらえる。

今日も一日仕事を頑張るぞ！

という気になる。

まさに理想の上司だね……。

それに……、理想の女性でもある……。

「ヒナタくん！」

今度はライラさんとはうってかわって、野太い男性の声。

声の主は遠くから走ってくる。

あの人は……。

ガイディーンさん――ガイアックギルド長のお父さんだね。

「あ、ガイディーンさん！　お久しぶりです。どうしたんですか？」

「ヒナタくん、こちらの方は？」

「あ、ライラさんにも紹介しますね。こちらは前の職場のギルド長のお父様です。それに、前の職場の先代ギルド長でもあるんですよ」

「なんだかややこしいですね……」

ガイディーンさんとライラさんは軽く会釈を交わす。

「それで、用事というのは？」

「ヒナタくん……。うちのバカ息子が君にすまないことをした。今日はそれを謝りたくて来た」

「そんな……、ガイディーンさんが謝るようなことでは……」

「いや、謝らせてくれ」

ガイディーンさんは、今にも地面に頭をこすりつけそうな勢いだった。

困ったな……。

「そういうことでしたら、とりあえず、ギルドの中まで上がってもらったらどうですか？」

「そうですね、ライラさんの言う通りです。立ち話もなんですから、こちらへ」

僕たちはそのままギルドの応接室へ移動する。

◇

「本当にすまなかった！　ヒナタくん！　謝って済むことじゃないかもしれないが、どうか許してほしい！」

応接室へ着くなり、ガイディーンさんが頭を下げる。

机に頭をゴンゴン打ち付ける。

「や、やめてください！」

「いや、謝らせてくれ！」

僕が止めるも、ガイディーンさんは謝り続ける。

僕はなによりもガイアックに腹が立っていた。

自分の父親にここまでさせるなんて……！

恥ずかしくないのか？

「それで……どうだろう？　もう一度戻ってきてくれないだろうか？　勝手なことを言っているのはわかっているんだ。でも息子が……ガイアックが、医術ギルドがピンチなんだ……」

「そうなんですか……医術ギルドがピンチ……」

ガイディーンさんの気持ちもわかる。

ガイアックのような人物だって、彼にしてみれば大事な息子だ。

それに、代々受け継いできた医術ギルドも大切だろう。

ガイディーンさんのことは助けてあげたい。

でも……。

僕はやっぱりガイアックに手を貸す気にはなれない。

それに、僕は今戻るわけにはいかない……。

だって——。

「申し訳ありません。戻ることはできませんよ……」

「そこをなんとか！」

「僕には今のギルドのほうが大切なんです。仕事を放りだすことはできません」

「そうか……。たしかにそれはそうだろうな。ヒナタくん、君は責任感のある立派な人だな……」

「ありがとうございます。それに、僕が戻っても息子さん、ガイアックがそれを許さないでしょう。彼はプライドの塊のような男です。僕の手なんか、借りたくもないでしょう？」

「たしかにそれもあるかもな……」

とはいえ、医術ギルドの今後は心配だなぁ。

あんなギルドでもなくなれば、近くに住んでいる人は困るだろうし。

ガイアックが少しでもまともになってくれればいいんだけど……。

「とにかく、今のヒナタくんが幸せそうでなによりだよ」

「ありがとうございます。ガイディーンさんもお元気で」

「ああ。もしなにか困ったら私を頼ってくれ。それがせめてものお礼とお詫びだ」

「そうします。では……健闘を祈ります」

僕はそうして、ガイディーンさんを出口まで送っていった。

「あれで、よかったんですか？　ヒナタくん」

見送りながら、ライラさんが僕に尋ねる。

「ええ、いいんです。もう僕には関係のない話ですから」

「……」


「それに、今一番大切なのはライラさんですから」

「……へ？」


「あ、」

あれ？

僕今なにか変なことを口走った⁉

「あ、いや……そうじゃなくって……その……、ライラさんのギルドが、っていうことです！」

「そ、そうですよね！　びっくりしました。あはは……」

なんとかごまかせただろうか？

僕もライラさんも、しばらく無言でその場に突っ立っていた。

「そ、そろそろ中に戻りましょうか？　身体が冷えてしまいますし」

「そうですね。風邪をひく前に、そうしましょう」

なんだか変な、ぎこちない会話を交わしながら、僕たちはギルド内へと戻っていった。

あああ、なんか変なことを言ってしまったような気がするぅ！

気まずい……。

僕はその日一日、もんもんとしたまま過ごした。

◇

【ｓｉｄｅ：ガイディーン】

ふう。

私はヒナタくんに謝った後、ようやく医術ギルドに帰ってきた。

「おい、ガイアック。謝ってきたぞ」

「すみません……お父様」

「まったく、面汚しもいいところだ」

本当にこんなバカ息子を生み出してしまって後悔だよ。

ヒナタくんが寛大な男でよかった。

「ヒナタくんは、彼は立派だったぞ……。お前ももう少しまともならな……」

「……っく」

こんなクズでも一人前にくやしいのか？

そう思えるならまだましか。

これをバネにして、頑張ってもらいたいところだな。

「あとはこのギルドをどうするかだな……」

「もう一度チャンスをください、お父様！」

ふん、我が息子ながらなかなか図々しいやつだな。

「まあいいだろう。私がある程度立て直す。もう一度いちからやってみろ」

「ありがとうございます！　頑張ります！」

まあまた優秀な人材を見つけてくれれば、こんなバカ息子でもなんとかなるだろう。

しかし、レナやキラも優秀なんだがなぁ。

まあ、なんとかこのバカ息子が成長してくれることを祈るしかないな。

◆

ガイディーンの期待もむなしく、ガイアックはまだまだ愚かなままなのだった。

第六章　勇者パーティー

【ｓｉｄｅ：ガイアック】

「ようし、今日からは心機一転。もう一度頑張るぞ！」

俺は意気揚々と医術ギルドにやってきた。

先日は親父に怒られたが、なんとか許しを得たのだ。

親父のおかげで、ギルドはなんとか持ち直した。

親父のつてで、新しく人員を補充してくれたし、資金も援助してくれた。

だがこれが最後のチャンスらしい。

次に失敗すれば、俺はギルド長をクビになる。

「これは失敗できないな」

俺は気を引き締める。

「ギルド長、ちょっといいですか？」

「なんだ？」

レナへの態度も改めるように言われた。

だから俺は優しく返事をする。

どうだ、俺もやればできるのだ。

「今日は例の日です」

「例の日？　なんだ？　生理か？」

「な⁉　ち、違います！」

「ふふふ、わかっている」

部下とのコミュニケーションも大事だからな。

冗談を言ったのだ。

レナはお堅い女だから、たまにはこういう軽口も言ってやらなければならない。

「そうではなくて、勇者パーティー訪問の日です」

「勇者パーティー？」

「そうです。我が医術ギルドは、光栄なことに勇者パーティー専属の、ポーション調達係を任されています。昨年までは御父上が用意されていましたが、今年からはガイアックギルド長の役目ですよ？　まさかお忘れで？」

「そ、そんなわけないだろう？　俺だって覚えていたさ」

くそう、しまったな……。

そんな話、完全に忘れていた。

なんでこいつは教えてくれなかったんだ？

無能だな。

ついつい口に出してしまいそうになるが抑える。

またレナにきつくあたってしまうと、今度は親父に報告されることになっているからな……。

「そうか……どうしよう……？」

「やっぱり、忘れていたんですね……？」

「う……、それは……」

「どうするんですか？　今度こそ御父上にクビにされてしまいますよ？」

「そんなことはわかっている……」

どうしたものかな？

ポーション師がやめたりでばたばたしていたせいもある。

俺のせいではないのだがな……。

だが解決しなければ！

「そうだ！」

「なにか思いついたのですか？　ギルド長」

「この前騙されて買わされた、ポーションが大量にあっただろう？」

「ええ、ですがアレは使い物にならないと……。ま、まさか……!?」

「ああ、あれを勇者パーティーに渡せばいい」

「そんな……！」

我ながら見事なアイデアだ。

ゴミを捨てるのならやっぱりゴミに押し付けるに限る。

どうせ勇者なんてのはゴミだ。

勇者とは名ばかりで、世界もろくに救えないゴミだ。

そんなヤツと比べて俺は多くの人を救っている。

魔法医師こそが頂点なのだ。

「そんな手が勇者に通用するとは思えません！　もしバレたらどうなるかわかってるんですか？

今度こそギルド長は終わりですよ？」

「馬鹿にするな。そこはちゃんと考えてある」

冒険者なんてのはみんな大学にも行ってない馬鹿だからな。

ポーションの良し悪しなんてわからないだろう。

たとえそれが勇者であってもだ。

「もしバレてもだ。まちがえたと言ってすり替えればいい」

「そんなこと……！」

「大丈夫だ。俺を信じろ。それに、他に手はないんだ。だろう……？」

「わ、わかりました……」

とりあえず、あのクソポーションを渡しておいて。

時間を稼ぐんだ。

それから後でちゃんとしたポーションを渡せばいい話だ。

我ながら完璧だ。

「とにかく時間がないからな。急いですり替え用のちゃんとしたポーションを買ってこい」

「はい」

◇

レナが買い出しに行ってから、ほどなくして勇者パーティーがやってきた。

「ポーションを受け取りに来たユーリシア・クラインツだ」

ユーリシアと名乗ったその勇者は――。

白い鎧に身をまとい、白い髪をなびかせている……。

美しい女性だった。

なんだ、勇者は女だったのか……。

「ほう……これはなかなか……」

鎧の上からでも、その豊満な肉体がよくわかる。

俺は思わず見とれてしまう。

「勇者さまをいやらしい目で見ないでいただこうか?」

「おっと、これは失礼。そんなつもりはありません」

なんだコイツ?

勇者の横から俺に口答えをしてきたのは……男の剣士か？

まあ職業はなんでもいい。

医師以外は全部ゴミだしな。

「で、ポーションは用意できているのだろうね？」

「それはもう。ちゃんと準備しております」

――嘘である。

だが俺はそれを悟られないように顔を作り込む。

「こちらがご注文のポーションです」

「助かる――ん？　ちょっと待てよ？　これは……」

まさか、バレたのか？

いや、そんなはずはない。

こいつらごときにポーションの違いなどわかるはずがない。

なにせ俺でもよくわからないのだ。

この俺様がわからないのに、なんでこいつらにわかる？

それにバレたところで言い訳も完全に理論武装してある。

「これは……注文のポーションとは違うようだが？」

「え、そうですかね……どれどれ……？」

我ながら少し、しらじらしかっただろうか？

だがとりあえず場をつながなければならない。

レナが代わりのポーションを買ってこないことには、すり替え作戦も実行できないのだからな。

レナのやつ、なにをやっている？

遅いじゃないか。

早く帰ってきてくれ……！

「なにか問題が……？」

「いえ、少々お待ちください」

くそ、ごまかすのも限界だ。

そう思っていると、勇者の後ろに帰ってきたレナの姿が見えた。

よし、なんとか間に合ったな。

これでごまかしきれるはずだ！

「あ、確かにそうですね。お渡しするポーションを間違えてしまいました！　今、代わりのものを持ってきますので！」

「む、そうか……まあ間違いは誰にでもあるからな。もうしばらく待つよ」

よし、不審には思われていないようだな。

「おいレナ！　ポーションをよこせ」

俺は帰ってきたレナに小声で合図する。

「こちらに。ですが本当にこれで勇者さんは納得するのでしょうか？」

「大丈夫に決まっている。市販のポーションなんだぞ？」

「でも勇者さんのポーションはうちで作ったポーションなんですよ？」

「そんなの違いなんてわからないさ」

俺は先ほどレナが持ってきた代わりのポーションを袋に詰め……。

勇者の元へと持っていく。

「お待たせしました。こちらが正しいポーションです」

「そうか……ありがとう」

くくく……。

どうやら完全に騙せたようだな。

勇者の表情からは、まったく疑いのようすは見て取れない。

「勇者さま、少し待ってください」

ん？

突然、勇者の仲間の一人が、勇者からポーションを奪った。

「アイテム鑑定《アプリーザル》――!!」

なに!?

鑑定スキルだと!?

「ふむ……。これはどうやら注文のポーションとは違うようだが……？　どういうことだ？」

まさかバレるなんて……！

「そ、そそそんなことはないと思いますが？」

「こんなので騙せると思ったのか？」

「そんな！　騙すつもりなんて！」

「うるさい！　この医術ギルドには失望したよ……。信頼していたのに」

クソ……。

「も、もう一度チャンスをください！」

「もういいよ。他のところにいく。もうここのギルドは使わないよ」

そんな……。

俺はまた失敗してしまったのか……？

勇者パーティーは怒って出ていってしまった。

俺は。

俺は——。

これからどうすればいい？

◇

【ｓｉｄｅ：ヒナタ】

僕が朝、出勤してきてギルドに入ろうとしたところ。

「やあ、ちょっと君。ここのギルドの人かい？」

「はい、そうですけど……」

後ろから声をかけられ、振り返ると——そこにはキレイな女性がいた。

白い鎧を身にまとった、白髪の美しい女性。

後ろにはパーティーメンバーらしき面々を引き連れている。

「世界樹《ユグドラシル》というギルドのポーションが評判だと聞いてきたんだが……ここで合っているかな？」

「はい！　ぜひうちのポーションを！」

店舗じゃなく、うちのギルドに直接買いに来るなんて珍しい。

なにか重要な案件なのかな？

普通の冒険者にしては豪華な鎧だし、貴族の方かな？

「ぼくはユーリシア・クラインツ。勇者なんだ」

へえ、女の人なのに一人称が「ぼく」なのかぁ……。

ボーイッシュな雰囲気の方だから、不思議と違和感はない。

「……って、ええ⁉　ゆゆゆ、勇者⁉」

「あはは、驚かせてしまったかな？」

「そりゃあ驚きますよ！　まさか生きてる間にお目にかかれるなんて……」

「ははは、君は大げさだなぁ」

だが勇者さんがなんの用なんだろう？

勇者さんってたしか専属のギルドからしかポーションを買わないんじゃなかったっけ？

その主な理由としては——たしか、暗殺防止とかだった気がする。

そのため専属のギルド内でも、一部の人間にしか知らされていないとか……。

「君は、ここの掃除夫かなにかかい？」

「いえ、ここでポーションを作っています」

「え⁉　ポーションを⁉」

「ええ、まあ一応ポーション部を任されてはいます」

「その若さでか⁉　すごいんだなぁ！」

「はは、ありがとうございます」

「でもちょうどよかった」

「？」

なにがちょうどいいんだ？

「ぼくの専属ポーション師になってくれるかな？」

……。

って、えええええええええええええええええ⁉

僕は目を丸くしてその場に静止した。

◇

場所はいつもの応接室へ。

「何度も驚かせてすまないね。大丈夫だったかい？」

「ええ、もう慣れます。今後なにを聞いても驚きません……」

いちいち驚いていては身が持たない。

勇者と関わるということはこういうことか……。

「でも、どういうことなんですか？　勇者さんには元々契約しているギルドがあるのでは？」

「それが、契約していたギルドに裏切られたんだ。ひどい失態だよ……。前のギルド長はすごい人だったんだがな……」

それって、もしかして……。

心当たりがないわけではない。

「まあとにかく、前のギルドとは縁を切った。今度は世界樹《ユグドラシル》にお願いしたい」

「そういうことでしたら、こちらとしても嬉しい限りです」

「試しに、君の作ったポーションを見せてもらえるかな？」

「ええ、ぜひ」

僕は机の上に三種類のポーションを並べる。

一つは普通の上級回復ポーション。

もう一つは万能《オール》ポーション。

最後にお馴染み、世界樹《ユグドラシル》の果実だ。

「これは、かなり質がいいね」

「ありがとうございます」

一目見ただけで質がわかるなんて、さすが勇者さんだなぁ。

契約の内容は問題なくまとまり、勇者さんはささっとサインを済ませた。

「やりましたね、ライラさん！　これは大きな契約ですよ！」

「……」

さっきから隣に座っているというのに、ライラさんは一向に口を開かない。

こんなにめでたいときなのに……。

なにか考え事でもしているのかな？

それにしては不機嫌そうな顔だけど……。

「ライラさん、どうしてさっきからそんなに無口なんですか？」

「いえ、勇者さんとお話しするヒナタくんが、やけに楽しそうだなぁ……と。口元がにやけてましたよ？」

え⁉

そんなの自分では気がつかなかったなぁ……。

だとしてもそれでなんでライラさんが無口になるのかはわからないけれど。

「すみません……つい、勇者さんに会えたのが嬉しくって。それに、勇者さんがこんなにかわいらしい人だとは思ってなかったので……」

僕は自分の感情を素直に口にする。

「「!?」」


なぜかさっきの発言で凍り付く人物が二人。

ライラさんは相変わらず不機嫌そうだし、さらに眉間《みけん》のしわが深くなる。

勇者さん——ユーリシアさんはというと……。

なぜだか顔を赤くしてわなわなと震えていらっしゃる。

「わわわわわ、私がかわいいだと!?」

「え、はい。そう思いますけど……」

なにか言ってはいけないことだったのかな?

「そ、そんなこと言われたのは初めてだ……」

「え!? そうなんですか!? ユーリシアさんほどの人なら何度も言われ慣れてそうなものなのに……」

勇者という特別な立場もあって、みんなあまり思ったことを口に出せないのだろうか?

「ヒナタくん、その辺にしておいてあげて……」

そう言ったのは、勇者パーティーの魔導士リシェルさん。

帽子をかぶった赤毛の女の子だ。

やれやれと言う感じで軽く嘆息している。

「え？」

「ユーリシアは男性に免疫がないのよ……。ずっと戦ってばかりの毎日だったからね……」

「そうなんですか……」

「まして、勇者にかわいいなんて言ったのは、あなたが初めてよ？」

それはなんだか……。

申し訳ないことをした。

「もう、ヒナタくんはすぐに女の子につばつけるんですから！」

「すみません、ライラさん。そんなつもりじゃ……」

「はぁ、またライバルが増えました……」

「え？」

僕はライラさんが小声でなにか言ったのを、聞き逃さなかった。

ライバル？

なんのことだろう？

ライラさんとユーリシアさんが軽く目くばせをしていたけど……。

僕にはさっぱりわからない。

なにか女性の間だけにあるテレパシーのようなもの、なのだろうか？

「それじゃあ、勇者さんたちを出口まで送ってさしあげてください」

「え、ライラさんはついてこないんですか？」

「いいんです。私はいつでもヒナタくんとお話しできますから。アドバンテージです」

「？　はぁ、……」

まったくなんのことかわからない……。

またライラさんとユーリシアさんの間でアイコンタクト……。

どういうことなのだろう？

「そ、それじゃあユーリシアさん。出口までご案内しますね」

「そ、そうだな。お願いするよ、ヒ、ヒナタくん……」

だからなんでそこで赤面するの⁉

勇者さん！

◇

ギルドの出口まで勇者さん――ユーリシアさんを送っていく。

なんだか外が騒がしい。

「敵国のスパイだ！　逃げたぞ！」

そんな声がどこからか聞こえてきた。

衛兵の人だろうか？

「なに⁉　スパイだと⁉　任せろ！」

言うやいなや、ユーリシアさんはギルドの外へと飛び出した。

きっと勇者としての正義感がそうさせるのだろう。

なにかあればすぐに駆けつけるのが勇者としての使命だ、とばかりに。

「ちょ、ちょっと勇者さん！　状況がわからないのに危険ですよ！」

「そうよ！　置いてかないで！」

僕と勇者パーティーのメンバーも、慌てて後を追いかける。

ギルドを一歩出ると、外は大騒ぎになっていた。

大通りの向こうからは煙が上がっている。

話し込んでる間に、なにかあったらしい。

そういえば、スパイというのは？

「うおおおおお！　どけどけどけ！　殺すぞ！」

そう叫びながら、黒ずくめの男が、大通りをこちらへ向けて走ってくる。

あれがスパイ……。

刃物を振り回しながら逃げているので、人混みが海のように割れていく。

その後を衛兵が追っている形だね。

「そういえば勇者さんは？」

あたりを見渡す。

ちょうど、黒ずくめの男の軌道上に、ユーリシアさんが立ちふさがっているじゃないか！

「まさか……止める気じゃ⁉」

「どうやらそのまさかのようね……」

「リシェルさん、あなた仲間でしょう？　助けに行かないでいいんですか？」

「大丈夫よ、ポーション師さん。ユーリシアを誰だと思っているの？　彼女は勇者なのよ？　あんな黒ずくめの犯罪者一人、簡単に……って……」

なんとユーリシアさんの姿を見て、黒ずくめの男は逃げる方向を変えたのだ。

それはそうだ。

なんと言ったって、ユーリシアさんの見た目は明らかに強そうだ。

あんな鎧の人に向かっていくほうがどうかしている。

「ちょっと、こっちに向かってきてない⁉」

「え⁉　ほんとだ！」

なんと黒ずくめの男は僕と魔導士リシェルさんのいる方向へ向かってくるじゃないか！

たしかに大通りは勇者さんと衛兵さんたちで挟み撃ちになってるけど……。

だからと言ってこっちに向かってくるなんて！

まあこのギルドがここらへんで一番目立つからなぁ……。

「リ、リシェルさん！　なにか魔法を撃って！」

「そ、そうね！　火炎小球《ファイアボール》――!!」

リシェルさんから放たれた火炎が、黒ずくめの男へ直進する！

しかし――。

――スカッ

「あれ？」

「ええええええ⁉」

「いやぁ私、命中率悪いのよ……」

「そんな……」

勇者パーティーの魔導士だというのに、なんでなのかな……？

でもそれどころじゃない。

黒ずくめの男はナイフを振り回し、こっちへ向かってきている。

このままじゃ……。

「ポーション師さん、あなた、なんとかならないの⁉」

「そんなこと言われても……」

僕にできることなんて……。

そうだ！

一か八かだけど、やってみるしかない。

「万能鑑定《オールアプリーザル》――‼」

僕は万能鑑定《オールアプリーザル》をリシェルさんに向けて放った。

「なにを⁉」

「失礼しますね」

万能鑑定《オールアプリーザル》は文字通り、万能なのだ。

きっとスキルの詳細なデータも確認できるはず！

あった！

えーっと……。

●火炎小球《ファイアボール》

消費ＭＰ５

手に力を込めて炎のイメージをする。

「見よう見まねでやってみるしかない！」

僕は黒ずくめの男に向けて叫んだ！

「火炎小球《ファイアボール》――‼」

――ボウ！

するとなんと、僕の手から火炎が発射された。

「成功だ！」

「すごい！」

まさかとは思ったけど、本当に真似できてしまうなんて！

万能鑑定《オールアプリーザル》は思ったよりも応用できそうだ……。

「ぐわあああああああああ!!」

発射された火炎は見事に男に命中した。

男はその場にうずくまる。

その後ろから、衛兵さんとユーリシアさんが駆け付けた。

ユーリシアさんは心配そうに僕の元へやってきてくれる。

「大丈夫だったか!?」

「なんとか……」

「それにしてもすごいな、ヒナタくんは。攻撃魔法まで使えるポーション師なんて……」

「いや、リシェルさんのを見よう見まねで使っただけですよ……」

「え!? じゃあ今のが初めての攻撃魔法だったのかい？」

「まあそうですけど……。鑑定スキルのおかげですよ……」

ユーリシアさんは驚いているようだ。

リシェルさんも一緒になって驚いている。

「ヒ、ヒナタくん……。どうかな？ ぼくたちのパーティーで一緒に冒険してみるってのは？」

「え!? 僕が勇者さんとですか!? む、むむっむ無理ですよぅ！」

「そんなことないと思うけどなぁ。それに我々としても、いちいちポーションを買いに行かなくて済むし助かる」

「で、でも僕はギルドの仕事がありますし……。妹のためにいろいろ研究もしないといけないんです。その……妹は病気で」

「そうか、残念だ。一緒に冒険すれば、妹さんの病気の手がかりも見つかるかもしれないけど……」

「あ、たしかに……」

勇者さんといれば、レアな素材とかも手に入るだろうし……。

たしかに魅力的なお誘いだね。

「まあ考えておいてくれよ」

「ええ、そうします……」

そうこうしているうちに、衛兵さんたちが黒ずくめの男の身体に付いた火を消し終えた。

「では、この男は我々が引き受けます」

「ええ、お願いします」

黒ずくめの男は衛兵さんたちに連れられていった。

スパイだと言われていたし、これから拷問とかされるのだろうか？

これにて一件落着かと思われたが……。

「そういえば、さっきの煙はなんだったのだろう……？」

「あの男がなにかやったのでしょう」

僕たちの疑問に回答するかのように、人混みから一人の男が現れた。

ギルドの情報伝達係の人だ。

「おい、大変だ！」

「なにかあったんですか⁉」

「爆発テロだ！　これから病人が大量に運ばれてくる」

「そんな！」

爆発テロ……。

そういえば前にもそんなことがあったなぁ……。

最近隣国との関係が不安定だというし……。

さっきのスパイの仕業か。

これはいよいよ大きな戦争になりそうだ。

「医術ギルドだけじゃ手に負えないから、うちにも運ばれてくるそうだ！」

「今すぐ準備します！」

大変だ！

僕は慌てて、ギルドの中に踵を返す。

「それではユーリシアさん、僕はこれで！」

「あ、ああ！　頑張って！　ぼくたちもなにか手伝えることがあるかもしれないから、現場に行ってみるよ」

ユーリシアさんたちはそう言って煙のほうへ向かっていった。
勇敢な人だ。
たしかにまだ逃げ遅れた人とかがいるかもしれない。
勇者さんたちなら力になれるだろう……。
僕はギルドでやることがある！
まずはライラさんに知らせないと！
そして倉庫でポーションの準備だ！
僕たちはあくまでポーション師。
医術ギルドの魔法医師にはかなわないけれど、なんとかやれることはやろう！
一人でも多くの人を救うんだ！

◇

【ｓｉｄｅ：ガイアック】

俺は昼休憩の最中、考え込んでいた。
俺はこれからどうすればいいのだろうか？
だが世間はそれを許してくれないようだ。
——ズド————ン!!

窓の外から大きな爆音が聞こえる。

その後しばらくして、人々の叫び声や、逃げ惑う声……。

「ん？　なんだか外が騒がしいじゃないか……」

俺が立ち上がって窓の外を確認すると、遠くで煙が上がっていた。

「何事だ⁉」

ちょうどそれに答えるようにして、昼飯を買いに行っていたキラが帰ってきた。

「ギルド長！　大変です！　また例の爆発テロです！」

「なんだと⁉　爆発テロだと⁉　くそ、この俺様が大変だってときに……」

「ギルド長、うちのギルドの状況は関係ありません！　今からここにもけが人が運ばれてきますよ？」

「そんなことはわかっている！　だがどうする⁉　今のこの医術ギルドに、今の俺たちに……そんなことができるのか⁉」

「なにを弱気になっているんですか、ギルド長！　あなたらしくもない！」

「ああ、そうだな。とりあえずやるしかない。それで俺の名誉を挽回する！　ここで手柄をたてれば、表彰も間違いなしだからな！　ガッハッハ！　そうなれば、金も儲かり、俺たちはギルドを立て直せる！」

「その意気です！」

珍しくキラの意見が役に立ったな。

これはチャンスだ。

けが人には気の毒だが、俺はラッキーとしか思えなかった。

せいぜい俺のために利用させてもらうさ……。

「急いでポーションを用意してくれ！　即席でいい。とにかく量を優先しろ！」

「はい！」

こっちには、勇者パーティーに渡すはずだったポーションも残っているからな。

元はと言えば、騙されて買わされた粗悪ポーションだが、この際なんでもいい。

けが人は大量にやってくるのだ。

質より量！

しかも臨時とはいえ、父が用意したポーション師も何人かいるしな。

完璧だ！

俺はついている！

◇

――と、思っていたのに……。

なんだこれは？

どうなっている？

「ダメだ……、患者が多すぎる……」

運ばれてきた患者は、俺の想像をはるかに超えていた。

それは量の面でも、傷の深さという点においてもだ。

「いったいどれほどの爆発が……」

四肢が欠損した患者。

火傷を負った患者。

ガラス破片でキズを作った患者。

煙を吸い込んだ患者。

「ダメだ、こんなの……無理だ……」

「なにを弱気になっているんですか⁉」

「だってお前も見ただろ⁉　こんな様々な、バラバラの症状、俺たちだけで対応できるわけがない」

「ギルド長、俺たちだけではありませんよ。他のギルドもみんな頑張っています」

「なに⁉　患者はこれで全部ではないのか⁉」

「ええ、これはほんの一部です。一つのギルドでは対応できないので、みんな手分けして頑張ってるんですよ。私たちも頑張りましょう！」

だがそんなこと言われたって、無理なものは無理だ。

一部の症状が軽い患者ならなんとかなるが……。

これはポーションや魔法医師になんとかできるレベルを超えているぞ？

「医術ギルドが商業ギルドになんかに負けていられません！」

「なに⁉　商業ギルドだと？」

「ええ、彼らにも患者が割り当てられています。なにせ医術ギルドだけでは対応できませんからね」

「はっはっは、そうか」

商業ギルドごときになにができるというのだ？

とんだお笑い種だな。

「これで俺たちは救われたな」

「え？　どういうことです？」

「このままだと、俺たちはろくに患者を救えずに、無能の烙印を押されていただろう……。だがどうだ？　商業ギルドも関わっているとなると、あいつらより俺たちのほうがマシだとは思わないか？」

「なるほど！　たしかに……、商業ギルドなんかに患者が救えるわけがありませんもんね……。さすがはギルド長！」

「そういうことだ。ポーションなんかで回復できるのなんて、たかがしれてる。これで俺たちは責任を免れたな。よし、だがまあやれるだけのことはやろう！　そのほうがちょっとでも怒られないで済む」

「ですね！」

◇

だが思ったようにことが進まなかった……。

「ギルド長！　大変です、傷口がふさがりません！」

「くそう、粗悪なポーションを使っているからか？」

このままでは商業ギルドよりも救えないいんじゃないのか？

いや、そんなことはない。

一人だけでも救えれば大丈夫なはずだ。

商業ギルドなんかには誰も救えないだろうしな。

「ポーションはもういい。自力で、医術魔法だけで回復させるんだ！」

「そんな、無茶ですよ！」

「くそ！　血が止まらない！」

「うおおおお！　治れ!!」

俺たちは苦戦を強いられた。

「ぐわあああああああ痛いいいいいいいいいいいいい!!」

患者が叫ぶ。

「うるせえ！　じっとしてやがれ、余計に傷が開くぞ！」

まったく、困ったものだ。

「おい！　こっちにもけが人がいるぞ！　早くなんとかしてくれ！」

「まだなの!?　医師はどこ？」

あああもう！

どいつもこいつも患者のくせにうるさいな。

黙ってくれないかな？

俺はストレスで手元が狂う。

「あっ……」

それを見ていた患者が一人。

「おい、今のなんだ⁉　あっ、って……まさか……」

「いや、なんでもないですよ。大丈夫ですから、手術中の患者に近寄らないで！」

どいつもこいつも邪魔をしやがる。

手術は極めて難航した。

◇

「結局、救えたのはこれだけか……」

「まあ十分ですよ。少ない人員と物資で、なんとかやったほうだと思います」

「だな、商業ギルドには後れを取ることはないだろう」

「ですね！　さすがギルド長です！」

「なぁに、お前たちも頑張ったさ」

うちの医術ギルドに運ばれてきた患者は、計二百五十人。

その中でなんとか助けることができたのが十五人。

主な死因はポーションが効かなかったこと。

俺のストレスがマッハだったこと。

人員が足りなかったこと、などさまざまだが……。

わりと奮闘したほうだと思う、うん、マジで。

だって商業ギルドは〇人とかだろうし、これでいいだろう！

わっはっは！

◇

「え⁉　爆発テロですか⁉　それは大変ですね……」

「ええ、ですから僕たちで街の人を救いましょう！」

僕はライラさんに事の顛末を話したよ。

「ではヒナタくんはポーションの用意を！　私は人員を集めます！」

「はい！　よろしくお願いします」

さっそく僕たちは手分けして救助に取り掛かる。

僕は倉庫に直行した。

「クリシャ！　手伝ってくれるかい？」

「はい、ご主人！」

倉庫にいく途中でクリシャを拾う。

彼女は元奴隷の獣人の女の子だ。

鼻が利いて、薬草の仕分けとかをしてくれるから、こういうときにも頼りになるね！

「ウィンディ！　君も頼りにしてるよ！」

「はいっス！　自分も先輩のお役に立てて嬉しいっス！」

ウィンディ・エレンフォード――僕の優秀なかわいい助手だ。

彼女にはこれまでもお世話になったね。

「よし、手術《オペ》の準備だ！」

◇

僕たちが準備を整えてから数分で、とんでもない数の患者さんたちが次々と運ばれてきた。

「う、ひどい……」

――ガラガラガラ
担架に乗せられて、動けなくなった人たちが、僕の目の前に並べられる。

「よし、やるしかない！」

傷口にどんどんポーションを塗っていく。

でも万能《オール》ポーションや上級回復ポーションには、数に限りがあるし……。

症状の重さによって、うまく使い分けるしかないね。

症状の軽い人ならポーションだけでなんとかなるけど……。

やっぱり医術魔法がないと……。

「ヒナタくん！　他のギルドから助っ人を連れてきましたよ！」

「ライラさん、ありがとうございます！」

誰だろう？

医術ギルドの人かな？

まさかガイアックじゃないだろうけど……。

まともな魔法医師の人が一人いるだけでも助かる。

「ヒナタさん、もう大丈夫ですよ。俺に任せてください」

そう言って、やってきたのは——。

かつて僕が救った、医術ギルドのギルド長……。

「ザコッグさん！」

そう、ザコッグさんだった。

たしか、ガイアックから押し付けられた大量のクズ素材を、僕が買い取ったんだったっけ。

あのときはすごく感謝されたけど、こういう形で恩返しされるとは思ってもみなかった。

やっぱり、人と人のつながりは大事だなぁ。

ザコッグさんはテキパキと魔法手術《マジックオペ》をこなしていった。

「すごい！」

「ヒナタさんのポーションの性能がいいからですよ。だからこんなに早く処置できるんです。それに、さっきまでの応急手当も完璧だ……。俺のギルドの若い魔法医師よりもすごいですよ？」

「そんな……。まあ僕も一応医術ギルドで働いてましたから。見よう見まねですよ」

ん？

見よう見まね……。

「そうだ！」

「どうしたんです？」

僕は思い出した。

さっき、勇者パーティーの魔導士さんとの間であった出来事を。

僕はあのとき、万能鑑定《オールアプリーザル》のスキルで彼女の火炎小球《ファイアボール》を真似したんだった。

「ちょっといいですかザコッグさん。見せてもらいますよ」

「え、なんですかヒナタさん……」

「万能鑑定《オールアプリーザル》――！」

僕はザコッグさんのスキルを確認する。

●魔法手術《マジックオペ》ＬＶ２
対象者の簡単な傷口を処置するためのフレームワーク魔法。

使用にはポーションとの併用が推奨される。

「これだ！　これで僕にも……」

「……？」

僕は目の前の患者さんに向かって、唱えた！

「魔法手術《マジックオペ》――！」


「「「えぇぇぇぇぇぇぇぇ⁉」」」


それを見ていたライラさん、ザコッグさん、ウィンディたちから一斉に、驚きの声があがる。

「ヒヒヒ、ヒナタさん。医術魔法が使えたんですか⁉」

「いえ、今スキルで模倣しただけです」

「すごい、ヒナタくん。いつの間にそんなことまで……？」

「先輩……すごすぎるっス」

正直、僕だってまだまだ信じられない。

でも、いつまでも驚いてばかりはいられない。

「治れ‼」

さらに力を込めると、患者さんの傷がみるみるふさがっていく。

「なんということだ……。ヒナタさん、すでに俺よりも使いこなしている！」

「ヒナタくん、万能すぎますね……」

自分でも驚いている。

なんで僕はこんなに使いこなせているんだ？

そうか！

きっと長い間、医術ギルドで何回も見てきたからだ。

「まさかこんな形で、今までの経験が役に立つなんてね……」

正直、ガイアックの下で過ごしてきた時期を、後悔しかけていた。

だけどあの耐え抜いた日々は無駄じゃなかったんだな。

そう思えただけで報われた気がした。

お、患者さんの意識が戻った。

「あ、あなたが医師《せんせい》ですか……？　あ、ありがとうございます」

患者さんは力の抜けた状態で、なんとか振り絞って声を出した。

「そんな、医師《せんせい》だなんて」

だけどとにかく、一人救った。

まずは一人。

これからつなげるんだ――。

僕が本当に救いたい人《ヒナギク》を救うために――。

◇

僕たちはできる限りのことをして、患者さんを救った。

だけどそろそろ追いつかなくなってきたぞ……。

正直、ポーションと簡単な魔法手術《マジックオペ》だけじゃどうしようもないような重症患者もいる。

回復魔法《チート》でもあればいいんだけど……。

回復魔法なんてのは、もはやおとぎ話のようなものだ。

そんなものがあれば、魔法医師なんて職業はいらなくなる。

そんな回復魔法《チート》を使えるとしたら、大賢者級《マスタークラス》の冒険者だけ……。

「お困りのようね？」

そう言って現場にやってきたのは――。

「あ、あなたは？」

「私は勇者パーティーの賢者――ケルティィよ」

ケルティィ、そう名乗った人物は、薄い緑色の髪に、白いローブを身に着けた女性。

勇者パーティー――ユーリシアさんの仲間ということだね。

勇者パーティーの賢者といえば、国家クラスの大賢者であると有名だ。

そりゃあそうだ、あの勇者さんと一緒にいるんだもんね。

ということは――。

「まさかケルティさん、あなたは……」

「そう、私の回復魔法が必要でしょ?」

「⁉」

こんなに頼もしいことがあるだろうか?

なかばあきらめかけていた僕たちの顔に、活気が戻る。

「使えるんですか⁉」

「ええ、私だけに与えられた、加護の力。ここで使わずしてなにが勇者パーティですか⁉」

さっすが、ユーリシアさんの仲間だ。

きっとユーリシアさんから聞いて、駆けつけてくれたんだ。

うれしいね。

「では、ケルティさん。頼みます」

「任せといて!」

――シュウウウウウウウウ
ケルティさんが杖をかざすと、そこに大気からマナが集まる。

すごい、回復魔法なんて初めて見る。

いったいどういう仕組みだろう?

僕はとっさに万能鑑定《オールアプリーザル》で確認する。

●範囲回復魔法《エクストラヒール》
賢者だけに許された神話級の魔法。

普通の攻撃魔法などと違って、マナだけでなく精霊の力を借りる必要がある。

そのため、精霊と通じることのできる賢者にしか使用できない。


なるほど……。

そういうことだったのか！

回復魔法は精霊の力を借りる。

だから魔法医師たちには使えないのか……。

「範囲回復魔法《エクストラヒール》!!」

ケルティさんがそう叫ぶと、部屋いっぱいに薄く発光した緑のベールが降り注ぐ。

——ポわわわわわわん！

そんなかわいい不思議な音と共に、患者の傷口がふさがる。

僕の鑑定で確認しても、体力の数値が回復しているのがわかる。

「おおお！　これはなんということだ!?　まさしく神の御業！」

「腕が！　俺の腕が元に戻っていく!?」

「すごい！　痛みが嘘のようにひいていく！」

すごい、これが神話級……。

これほどの回復魔法を使える人が、まだこの世にいたなんて！

「はぁ……はぁ……」

魔法を使い終えたケルティさんは、なぜかぐったりとして息を切らしている。

「ケルティさん⁉」

「だ、大丈夫よ……。ちょっと疲れただけだから……。実はこの魔法、一日に一回しか使えないの……」

「え、ええ⁉　そんな、まだ患者さんは半分ほど残っているのに……！」

「え⁉　ご、ゴメンナサイ……。でも、私に手伝えるのはここまでよ……」

なんていうことだ！

これじゃあ残りの患者さんは見殺しじゃないか……。

せっかく全員救う道が見つかったと思ったのに……。

そうだ！

もうこれしかない……。

「僕が、僕がやります！」

「へ？　今なんて？」

「僕が、ケルティさんの代わりに範囲回復魔法《エクストラヒール》を使います」

「そんな、無理よ！　これは大賢者級《マスタークラス》の者じゃないと扱いこなせないわ！」

「大丈夫です。使い方はわかっています。さっき万能鑑定《オールアプリーザル》で見ましたから」

「そんな簡単なことじゃないわ！　回復魔法《ヒール》は普通の魔法とは違うのよ⁉　精霊と契約を結んだ者でないと逆に焼き殺されるわ！」

「だけど、やるしかないんです！」

「……！」

僕は右手に力を込める。

――シュウウウウウウウウ
「だ、だめですよ！　そんなことしたら、ヒナタくんが死んでしまいます！」

「大丈夫ですよライラさん。僕は死にません！」

なんの根拠もないけど。

とにかく僕はまだここで死ぬわけにはいかない。

大切な妹《ヒナギク》を残して死ぬわけにはいかないんだ！

だけどだからといって、ここで退く理由にはならない！

僕はポーション師。

人を救うためにポーション師になったんだ！

救える可能性のある人たちを救えないで、ヒナギクを救うなんてことできやしない！

「うおおおおおおおおおおおおおおおおお‼」

脳の回路が焼き切れそうだ。

そういうことか……。

精霊に頼らずにこの魔法を使った場合、あまりの高負荷に脳が焼き切れる！

右手も火傷を起こしそうなくらい熱い！

だけど、これしか道はない！

今このギルドに運ばれてきた患者さんたちの命が、この右手にかかっている！

「……っもう！　仕方ないですね……！」

しびれをきらしたケルティさんが僕の下へ駆け寄る。

ケルティさんは僕を後ろから包み込むようにして覆いかぶさり、まるで一匹の生き物になったかのように同調する。

ケルティさんの両手が、僕の手を包み込む。

ちょっとこの体勢は恥ずかしい。

今はそんなこと言ってる場合じゃないけど……。

「ケルティさん……!?」

「ヒナタさん……でしたっけ……。私がサポートします」

「でもケルティさん。この魔法は一日に一回しかかって……」

「あくまで私はサポートです。私が精霊に働きかけ、少しでもあなたへの負荷を減らす……！」

そんなことができるのか……！

ケルティさんも疲れているのに、ありがたい！

「ヒナタくん。私も一緒です」

「ライラさん⁉」

気がつけば、ライラさんまでもが僕の手に触れている。

「みんなで負荷を分散すれば、焼き切れる心配はない。でしょう？」

「こんなことはやったことがないのでわかりませんが……。やるだけやってみましょう！」

ケルティさんがライラさんの仮説を受け入れた。

「そういうことなら……。自分も力になるっス！」

「ウィンディ……」

「ご主人……！」

「クリシャ……！」

「俺もいますよ。ヒナタさん！」

「ザコッグさん！」

みんな僕の手に手を重ねて、力を貸してくれている。

一人より、皆の力だ。

「うおおおおおおおおおおおおおおおおお‼」

「「「「「範囲回復魔法《エクストラヒール》‼」」」」」

◇

「まったく、ヒナタくんは無茶しますね……」

「すみませんライラさん……」

「そうですよ。助かったからいいものの……」

「ゴメンナサイ……ケルティさん」

でも――。

「うおおおお！　俺の腕がくっついた！」

「足が生えてきたぞ！」

「目が見える！」

こんなに多くの患者さんを救うことができたんだ。

「まあでも、その無茶のおかげで、なんとかなりましたね……」

「あはは……」

「さっすが、私のヒナタくんですね！」

「え、ライラさん……私の？」

「え、いや！　な、なんでもありません！」

「？」

ライラさんは走ってどこかへ行ってしまった。

どうしたんだろう……？

「やりますねぇヒナタさん」

「ケルティさん。なんのことです？」

あ、たぶん僕の鑑定スキルのことかな？

なぜケルティさんはそんなににやけてるのだろう？

◆

多くの患者を救ったヒナタ。多くの患者を死なせてしまったガイアック。

この事件を境に、さらに物語は加速する！

第七章　表彰式

僕たち世界樹《ユグドラシル》ギルドは、爆発テロの被害者数百人を救った。

それはもちろん、いろんな偶然も重なっての出来事だったけど……。

それでも僕は自分のやったことを誇りに思う。

「ヒナタくんはすごいな。ぼくはあのとき、ぜんぜん力になれなかった……」

「そんなことないですよ。ユーリシアさんのおかげで、みんな安心できました」

結果として、大きな戦闘にはならなかったけど……。

あのときユーリシアさんが爆発の現場に行ってくれたおかげで、安心できたという被害者や周辺住民は多いと聞く。

やっぱり、勇者さんの役目っていうのは、戦闘だけでなくそういった気持ちの面も大きいのかもね。

「ヒナタさんは魔法の才能もありますよ！　普通は鑑定スキルがあったからといって、すぐに見よう見まねでできるようになんてなりませんよ！」

「そうね、本当にうちのパーティーに入ってほしいくらいだわ」

勇者パーティーの賢者ケルティさん、魔導士リシェルさんがそれぞれ言う。

「そんな……、僕は戦うなんて向いていませんよ。それよりはやっぱり、人を救う仕事が向いてます……」

「そうですね。それにそのほうがライラさんと一緒にいれますものね？」

「ちょ、ケルティさん。からかわないでください！」

ユーリシアさんはなんでそんなに悔しそうに僕を見ているのか……。

まったく、僕には女心というものはわかりそうにない……。

「うぉほん……。それじゃあ、ぼくたちはこれで失礼するよ。またポーションが無くなったらくるから、そのときはよろしく。パーティーの件も考えておいてくれると嬉しいよ」

「はい、またよろしくお願いします。頑張ってくださいね、勇者さん」

僕はユーリシアさんたちと握手を交わす。

なんだか大変なことが多かったな……。

勇者さんというのは波乱を呼び起こす力でももっているのだろうか……？

そういえばライラさんはどこに行ったのだろうか？

さっきから姿が見えない。

そう思った矢先。

「ヒナタくん！　大変です！」

「ど、どうしたんですかライラさん!?」

なにか悪いことでもあったのだろうか？

だけどライラさんの顔色から察するに、それはなさそうだ。

だとしたら……。

「国王さまが世界樹《ユグドラシル》を表彰したいと……」

「こ、国王が表彰⁉」

「どうやら、今回の爆発テロの被害者を救うことに貢献したことが、評価されたようです……」

「それにしても、すごいことですね……」

「今回のテロは国と国の重大な問題ですからね。国としても大きく扱わざるを得ないのでしょう」

「ま、まあよかったですね。悪いことじゃなくて安心しました」

表彰されるとしたら、医術ギルドだと思ったけど……。

あのガイアックにあの量の患者をさばききれるとは思えないし……。

それにどうやら他の医術ギルドに関しても、今回はかなり苦戦を強いられたようだ。

結果として、僕たちのギルドが一番大きく貢献したことになる。

まあ勇者パーティーのケルティさんや、ザコッグさんの尽力も大きいけど……。

「それが喜んでばかりもいられません……」

「え、なんでですか？」

「だって、表彰されるっていうことは王様の前に行くんですよ⁉　表彰式のパーティーにも出席しないといけませんし、荷が重いですよ……」

「あはは……たしかにそれは嫌ですね……」

「え、ヒナタくんも行くんですよ？」

「ええ⁉」

「当たり前じゃないですか。ほとんどはヒナタくんの功績なんですから」

う、うーん。そうなのだろうか。

だけどまあ、ライラさんと王都に行けるってのは、ちょっと嬉しい。

「ま、まあ僕がついてますから！　いざというときは僕がライラさんを守りますよ！」

「ヒナタくん……頼もしいです」

いちおう、鑑定スキルのおかげで戦えるようにはなったし。

なにかあればライラさんだけでも守れるように心構えはできている。

だけどヒナギクを置いていくのは少し心配だ。まあアサガオちゃんに任せれば大丈夫だろうけど。

「明日、迎えの馬車が来るそうですので、準備しておいてください」

「わかりました」

こうして、僕たちは王都に招かれることになった——。

◇

【ｓｉｄｅ：ガイアック】

「なんでまた俺が協会に呼び出されるんだ？」

俺は届いた書類を前に、あっけにとられる。

そういえば前にもこんなことがあったな。

「さあ、こないだの爆発テロの件についてではないですか？」

キラが俺に考察を投げる。

鋭い目の付け所だ。

俺の部下は順調に成長しているようだな。

「そうか、そういうことか。俺たちを表彰しようということか！　それなら納得だ」

「なんといっても、あの惨状をくぐりぬけたんですからね！」

「そうだな！　思ったよりも患者を救えたからな。我ながら誇らしいぜ」

「さすがはガイアックギルド長ですよ！」

以前は協会に怒られたこともあったが、今回は大丈夫だろう。

俺はなにも悪いことはしてないのだし。

「さあて、それじゃあ英雄の凱旋といくか！」

俺は意気揚々とギルドを飛び出した。

◇

「会長がお待ちだ」

医術協会本部にて、俺は医術協会会長――ドレイン・ヴァン・コホックと面会をする。

「ガイアック・シルバくん。今日はなんで呼ばれたか、わかっているな？」

医術協会会長のおっさんが、俺にそんなことを言う。

偉そうに髭をたくわえた、白髪の老人。

前にも会ったことがあるが……。

こいつは俺を叱りつけた！

許せない相手だ。

俺はこいつに舐められている。

だがまあ、今日は大人しく表彰されてやろう……！

「ええ、もちろんです。私の働きぶりを見て、表彰をしたいということでしょう？　それでしたらもちろん、喜んでお受けします！」

俺がそう言うと、協会会長はおそろしく深いため息をついた。

「……？」

俺はわけがわからずに首をかしげる。

「まったく、呆れたヤツだな君は……。超ド級のバカだよ」

「はい？　今なんと？」

「報告書を読んだが……。君のギルドが救った人数を言ってみろ」

「……？　二百五十人中十五人ですが……？」

「まったく、君はすごいな……」

「……？　そのすごいっていうのは、多すぎるって意味だよな？」

俺はなおもわけがわからない。

もったいつけやがって。

こういう老人はキライだ。

「馬鹿者！　少なすぎるという意味だ！」

「はい!?」

「他のギルドがどれだけ患者を救ったのかわかってるのか？」

「さあ……それは……。でもどうせ五人とかがせいぜいでしょう？」

俺でさえ十五人しか救えなかったんだ……。

他のヤツらになにができる？

「ザコッグの医術ギルドは八十人も救ったぞ……？」

「なに!?　あんなヤツにそんなことが……!?」

「なんでも、いい商業ギルドと巡り合って、質のいいポーションに恵まれたそうだ」

「そんな……!?　商業ギルドだと!?」

「そうそう、商業ギルドといえば……。世界樹《ユグドラシル》というギルドを知っているか？」

「世界樹《ユグドラシル》……？　そういえば聞いたことが……」

世界樹《ユグドラシル》……思い出せない。

聞き覚えはあるのだが、俺は興味のないことは忘れやすいのだ。

医術ギルドならともかく、商業ギルドなんて覚えてるはずがない。

「今回の爆発テロで、もっとも貢献したのがその世界樹《ユグドラシル》ギルドだ」

「は⁉　商業ギルドが⁉」

「そうだ。お前たちは医術ギルドのくせに、商業ギルドに負けたんだ。恥を知れ」

「……っく……！　なんでそんなこと……！」

「それはお前が未熟だからだ……！」

「俺が未熟……？」

そんなことを言われたのは初めてだ。

だけど、商業ギルドなんかが本当に人を救えるのか？

なにかずるをしたんじゃないのか？

「信じられません！　俺たち誇り高き医術ギルドが、商業ギルドなんかに後れを取るなんて！」

「ああ、まったくだ。私も信じたくないよ。これは協会としても受け入れがたい事実だ」

「詳しく教えてください！」

「なんでも、例の商業ギルドには、とっても優秀なポーション師がいるそうだ」

「ポーション師……⁉」

またポーション師か。

なんで俺の前にはいつもポーション師なんてゴミが立ちふさがるんだ？

なにかの呪いか？

俺がポーション師になにをしたって言うんだ？

「そのポーション師は君も知っている人物だと思うがね……」

「ま、まさか……！」

「そう、その通りだ……」

世界樹《ユグドラシル》――どうりで聞いたことがあったはずだ。

そうか、あいつのギルドだったのか……！

くそう、忌々しい。

――ヒナタ・ラリアークめ!!

「君は惜しいことをしたな……。あんな腕のいいポーション師をなんでクビになんかしたんだ？」

「う、それは……」

「まあ今更後悔しても遅いがな」

「あれはアイツが悪いんです。アイツが実力を隠して、俺の足を引っ張っていたんだ……！」

「さあ、足を引っ張っていたのはどっちかな……？」

「つく……」

後悔してももう遅い……か……。

たしかに、俺の判断は間違っていたかもしれない。

だけど、他にどうしようもなかったじゃないか……！

「ガイアックくん。最後に、もう一度だけチャンスを与えよう」

「ほ、本当ですか!?」

「ああ、ただし……ギルド再開にあたって、こちらで用意した監視役をつけさせてもらうよ？　それで結果が出せなければ……今度こそ君のギルドは取り潰しだ」

「は、はい……わかりました……。頑張ります！」

「よろしい。君の父は優秀だったからな。期待しているぞ。きっと君にもできるはずだ」

「ありがとうございます」

俺はとりあえずその場はにこにこしてごまかした。

ふん、監視役だと……!?

俺も舐められたものだな。

あんなジジイ、とっととくたばればいいのだ。

そしていずれはおれが協会の会長に上り詰めてやる！

監視役なんかの好きにはさせない！

まあせいぜいいたぶって、ギルドにいられないようにしてやるさ……。

◆

ガイアックは、ちっとも反省をしないのであった……。

そんな彼が今後どうなっていくのか。

それはもちろん――。

◆

【ｓｉｄｅ：ヒナタ】

「ヒナタくん、準備はできましたか？」

「はい、ライラさん。今行きます！」

翌朝、僕の家に王都から派遣されてきた馬車が来た。

先にライラさんの下へ寄ったようで、既にライラさんが乗っていた。

「行ってらっしゃいませ、お兄様」

「行ってらっしゃいなのー、兄さん！」

「うん、いってくるよ」

アサガオちゃん、ヒナギクそれぞれの頭を撫でて、僕は家を出る。

事前にパーティー用の服装を、ライラさんが用意してくれていた。

商業ギルドだから、その手の服も倉庫にいくつかある。

今回はその中でもとびきり上等なものを借りてきた。

馬車に乗り込むと、ドレス姿のライラさん。

元々綺麗なのに、こんなの綺麗すぎる……！

「きれいだ……」

「ヒ、ヒナタくん⁉　あ、ありがとうございますぅ……もにょもにょもにょ……」

なんだかライラさんの声、語尾につれてどんどん小さくなっていったな……。

緊張しているのかな？

「ヒ、ヒナタくんもかっこいいですよ！」

「あ、ありがとうございます。ライラさんの選んでくれた服のおかげですよ！」

「そ、そうですか？　それはヒナタくんが元々かっこいいからですよ！」

なんだか褒められ慣れていないから照れるな。

どう考えたって僕なんかよりライラさんのほうがずっときれいだ。

「えー、うぉほん！　それでは出発しますよ……」

馬車の運転手さんが咳ばらいをして、合図する。

会話を全部聞かれてたかな……？。

だとしたら恥ずかしいし、少し気まずい。

はぁ……。

こんなんで二人きりで王都までって……、大丈夫かな？

僕の心臓はもちそうにない……。

◇

「ここが王都グランヴェスカーか、初めて来たけどすごいですね！」

「うちのギルドとは比べ物にならないですね……」

やっぱり人の集まる都会は違うなぁ……。

僕らの住む土地もかなりの都会だけど、これに比べたらなぁ。

「ではこちらがお泊まりいただくホテルですので。私はこれで……」

馬車が止まり、運転手さんがそう言う。

「え⁉　ここに泊まるんですか⁉」

「ええ、表彰式は明日の夜ですので」

てっきり日帰りだとばかり思っていた……。

だけどまあ距離とかを考えればそうか。

だけどライラさんと二人で泊まるのか⁉

そんなことが許されるのだろうか？

「どうしたんですか、ヒナタくん？」

「あ、ええっと……。あまりにも豪華なホテルだなぁと」

「そ、そうですね。まるでお城みたいです」

僕はとっさにそうごまかす。

ライラさんと同じ部屋に泊まる想像をしていたなんて知られたら生きていけない。

「じゃあ、行きましょうか」

「そ、そうですね」

なんだか緊張するなぁ……。

ライラさんと一緒にホテルに泊まるのか？

寝られるのだろうか？

「あ、私は６０５号室ですね。ヒナタくんはその隣みたいです」

ズコ――――!!

僕は心の中でずっこける。

受付のお姉さんがくれたカギは二つだった。

そりゃあそうか。

僕のバカバカバカバカバカ！

でも隣の部屋ってのもそれはそれで緊張するなぁ……。

なんて考えていたら……。

「あ、はい」

部屋に入った瞬間、その不安は消し飛んだ。

部屋と言っても、これはホール？　会議室？　とにかくとんでもなく広いのだ。

「うちのギルドの倉庫よりも広い……」

さすが王都一番のホテルだけあるね。

「ま、これなら壁越しに声が聞こえてきたりもしないし、よく眠れそうだ」

◇

「ヒナタくん、起きていますか……？」

夜中、部屋の扉を叩く音。

隣の部屋で眠っているはずのライラさんだ。

「どうしたんですか？」

「それが……眠れなくて」

「あはは、わかります。僕もまだ眠れてなくて……」

「そうじゃないんです……。緊張で眠れないんじゃなくって」

僕はライラさんの面持ちからただならぬ雰囲気を感じ取った。

なにか言いにくいことでもあるのだろうか？

「とりあえず、中に入ります？　コーヒーでも……」

「そうですね。お願いします」

寝るとき用の服なのか、妙にカジュアルでリラックスした服装のライラさん。

無防備なその姿に、僕は一瞬目を奪われる。

「それで、どうかしたんですか？　話してみてください」

「……」

少しの間を置いて、ライラさんは話し始めた。

「私は、ここまでこられたのは全部、ヒナタくんのおかげだと思っています。だから、私が表彰を受け取ってもいいのか迷っているんですよ。ギルドが表彰される、ということはそのまま、ギルドの拡張を意味します。正直、私にこれ以上の組織をまとめられるのか不安で……」

意外だった。完璧超人のようにまわりから思われているライラさんが、僕にこんなことを話すなんて。人に弱みを見せない人だと思っていたけど、僕を信用してくれているのかな。こんなライラさんは初めてだ。

正直、いつも頼りがいのある女性が、弱みをさらけだしてくれている姿は、少しかわいいと思ってしまう。僕が守らなきゃ、僕が守りたい。そんなふうに思った。

「なにを言ってるんですか、ライラさん？」

「え？」

「僕だって、全部ライラさんのおかげだと思ってますよ？　他に誰がこんなことできるんです？　まだ設立したてのギルドなのに、ここまでのことを成し遂げられたのは、全部ライラさんの実力ですよ」

「ヒナタくん……」

僕はライラさんの頭にそっと手を置く。

「だから安心して僕を頼ってください。お互い様なんですから。僕らはみんな運命共同体です」

「はい。いつでもヒナタくんを頼ります。だから……ずっと一緒にいてくださいね！」

僕はなにも言わず、彼女を抱きしめた。

◇

——チュンチュンチュンチュンチュンチュン

「もうこんな時間か……」

僕は朝のにおいに目を覚ます。

鳥の鳴き声が耳に心地いい。

ライラさんはまだぐっすり眠っている。

疲れているだろうしまだ寝かせておいてあげよう。

きっとすごいプレッシャーを抱えていたんだね。

「さあ、今日も一日が始まるぞ！」

僕はベッドから飛び起きて、コーヒーを入れることにした。

ライラさんが起きてすぐ飲めるように。

今日はいよいよ表彰式。

ギルドにとっても、僕たちにとっても、大事な日となるだろう。

◇

「急がないと、表彰式に遅れちゃいますよ！」

「い、今行きます！」

ドレス姿のライラさんが、ドレスの端を持って走りながら僕をせかす。

もうすっかり夕方になってしまった。

あんまり観光するような暇もなかったなぁ。

もっとライラさんとゆっくりしたかったけど。

まあそれは表彰式が終わってからでもできるかな。

「あ、ちょっと僕忘れ物をしちゃいました！」

「大丈夫ですかヒナタくん⁉」

「ええ、大丈夫ですから。ライラさんは先に行ってください。万が一にも王様をお待たせしてはいけませんから」

「急いできてくださいよ？　絶対ですからね？　私、ヒナタくんにそばにいてほしいんですから！　それに、今はもうかたときも離れたくありません……」

「わ、わかってますよ！　絶対にすぐに追いつきますから！」

なんだかあれからすっかりライラさんは甘えん坊さんになっちゃったなぁ……。

まあそんなところがかわいくて好きなんだけどさ。

僕は急いできた道を引き返す。

ホテルに戻り、カギを預けておかなければならなかった。

セキュリティの問題は大事だからね。

特にこういう旅先の都会だと、なにがあるかわからないから慎重にいかないと！

「すっかり遅くなっちゃったな……。間に合うといいけど……」

僕はお城までダッシュする。

走ればなんとか間に合うだろう……。

大きな問題さえなければ……。

◇

「やっと着いたぁ……はぁ……はぁ……」

僕は息を切らしながらも、なんとか時間までに駆けつけることができた。

王城の門は厳重な警備に守られている。

「あの、パーティーの参加者なんですけど……」

僕はおそるおそる、警備の男性に声をかける。

「ん？　キサマは……平民か？」

「え、たしかに僕は貴族ではありませんけど……どうして？」

「ふん、そんな貧相な顔をしたやつは平民と相場がきまってる。わかるんだよ、俺たちには違いがな。アッハッハッハ！　ここはお前のようなのがくる場所じゃねえ！」

「えぇ……」

なんなんだろうこの人？

王都の人ってみんなこうなのか？

さっそく都会の怖さを思い知ったよ。

差別っていやだなぁ……。

「いちおうあなたのために言いますけど、僕は王様に呼ばれてるんですけど……?」

「「……」」

警備兵二人は、顔を見合わせる。

あ、これはやっぱり――。

「「どわぁあっはっはっはっはっは!! そんなわけないだろう」」

そうなるよねぇ……。

「でも事実なんです……」

まあ、信じないならしょうがないけど……。

「いいからとっとと去れ!」

どうしようかな……?

僕がそう思っていると、後ろから声がした。

「どうかしたのかね……?」

渋い、おじさんの声だけど……。

「こ、これは! ジールコニア子爵殿! ようこそおいでなさいました!」
ジ、ジールコニア子爵だって!?
たしか以前、僕がポーションで救った人だ……。

「それが、この平民が、身の程知らずに王に呼ばれたなどとうそぶいているのです！」

「ふむ……？」

ジールコニア子爵が僕の顔をのぞき込む。

「おや？　君は以前私を死の淵から救ってくれたポーション師、ヒナタくんではないか⁉」

「ど、どうもジールコニア子爵」

よかった。ジールコニア子爵も僕のことを覚えていてくれたみたいだね。

「どどどど、どういうことです？　ジールコニア子爵」

「どうもこうもない。それともまだ私の友人――いや、恩人を中に入れられない理由があるのかね？」

「い、いえ！　ありません！」

「よろしい」

ジールコニア子爵の鶴の一声で、僕は中に入れることになった。

あぶないところだったなぁ。

「ありがとうございます、ジールコニア子爵」

「いやいや、礼を言うのはこっちこそ。君に救われなければなかった命だ」

「ジールコニア子爵も今日のパーティーに？」

「ああ。世界樹《ユグドラシル》というギルドが表彰されると聞いて、まさかと思いやってきたんだが。やっぱり君だったのだな」

「覚えていただいてたみたいで……。ありがとうございます」

「私も嬉しいよ。今日は君の晴れ姿が見れて、鼻が高い」

ジールコニア子爵のような人までもが僕たちを祝福してくれているなんて……。

それに、僕にはライラさんがいるし……幸せすぎる……。

◇

「あ、ヒナタくん！　遅かったじゃないですか！」

「ご、ごめんなさい。ちょっと手間取ってしまって……」

よかった。すぐにライラさんが見つかって。

やっぱり、ライラさんほどの綺麗な女性だと、こんなに大勢の中でも目立つなぁ。

そんな特別な人が、僕の隣にいるなんて……。

今でも信じられないよ。

だけど僕たちの幸せは、まだまだ終わりじゃなかった——。

◇

「せっかくなので踊りましょうか」

「はい。といっても、僕ダンスなんてしたことないですけど」

「大丈夫ですよ。私に身を任せてください」

ライラさんは僕の手を取り、踊りだす。

パーティー会場にはすでにたくさんの人がダンスをしている。

「ライラさん、ダンス上手ですね」

「いちおう、貴族ですからね。社交界には慣れてます」

そうやってしばらくダンスを楽しんだ。

その後はたくさんの豪華な料理にしたつづみをうった。

宴もたけなわとなったところで。

「お集りの皆さん。今日は特別な日です」

執事服？　のようなものを着た紳士的な男性が現れて、みんなの注目をさらう。

「うおおおおお！　待ってました！」

誰かが野次をとばす。それが静まるのを待ってから、男性がさらに続ける。

「本日は国の一大事を救った、英雄的ギルドをたたえるための会でもあります。このような時期に、国のために多くの命を救った英雄に拍手を！」

「「「うおおおおおお」」」

なんだか照れくさいな。

「さあ、ギルド世界樹《ユグドラシル》のみなさん。前へどうぞ」

どこからともなく案内の執事がやってきて、僕たちを壇上へ導く。

「本日はお招きいただき、誠にありがとうございます。一商業ギルドでありながら、このような機会に恵まれたことを、たいへんよろこばしく思います」

ライラさんはきりっとした面持ちで、しっかりと挨拶の言葉を述べる。

さすがはギルドの長だなぁ。

本当は不安でいっぱいだったんだろうけど、さっき僕が手を握ったら震えがとまっていたし、大丈夫みたいだ。

「では、次は王女殿下からの挨拶です。どうぞ」

司会の男性がそう告げると、壇上の奥から、ひときわ綺麗な女性が姿を現した。

紅の長髪をゆらしながら、高貴な服をまとった王女は言う。

「あー、私が王女スカーレット・グランヴェスカーだ。まずは世界樹《ユグドラシル》ギルドのお二人にお礼を言いたい。我が国の民を救ってくれてありがとう」

僕は軽く会釈で返す。

なんだか緊張感のある雰囲気だなぁ。

「だが、先の爆発テロでは多くの命が失われたことも事実だ。我々は敵国――キロメリア王国を決してゆるしはしない！　これはそのための決起集会でもある!!」

王女スカーレット・グランヴェスカーは、覇気のある声で言った。

「「「「うおおおおおおおおおお!!」」」」

集まった人民が揺れる！

怒りと、士気と、希望と、さまざまな感情が入り混じった大合唱。

王女の一声で、会場のムードががらっと変わった。

言葉だけでここまで人を煽動できるのか……。

これが王女の威厳、風格、力……。

だけど、なんだか妙なことになってきたぞ……。

「まずは手始めに、英雄的ギルド——世界樹《ユグドラシル》を商業ギルドから総合ギルドに格上げしようと思う！　もちろん予算は我々が全面的に支援する！　そして強力な冒険者を募り、来《きた》るべき開戦の日に備えるのだ!!」

総合ギルドだって!?

そんなこと聞いていない。

それに、開戦の日って……!?

「ライラさん、聞いてましたか……？」

僕は小声で耳打ちする。

ライラさんはそれに、無言で首を横に振って答えた。

なんだか大変なことになったぞ……。

前から国の情勢が不安定なことはわかっていたけど……。

王女の口から「開戦」なんて言葉が出るとは……。

王女の演説はそのまま続き、集会はものものしい雰囲気のまま終わりを迎えた。

「すまないな……。勝手に話をすすめさせてもらった」

王女スカーレットが僕たちの前にやってくる。

ライラさんはそれに直立不動で応答する。

「いえ、問題ありません」

仮に異議をとなえたとして、相手は王族——国だ。

「ところで、今日は王様はいらっしゃらないのですか？」

僕は無邪気な質問をしてしまう。

「——ハッ！　そうか……君は平民だったな。父上がこのような場にわざわざ顔を出すわけがないだろう。私で十分だ」

「そ、そういうものなのですね……」

まあ、一国の主がそうやすやすと顔を晒すわけにはいかないか……。

国の状況も状況だし、暗殺の危険もあるだろうしね。

だとしても鼻で笑うなんてすこしひどいな。

「王女様、お言葉ですが、私たちは商業ギルドです。戦争屋ではないですし、まして戦争の道具になるつもりもありません。失礼ですが総合ギルド化の件は……」

ライラさんが果敢にも王女に食ってかかる。すごいな、相手は王女なのに。物おじしないなんて。

だが王女も負けていない。ライラさんが言い切る前に、指でそれを制止し、反論する。

「いや、いい。支援金は予定通りにくれてやるさ。どのみちそのつもりだ。戦争に協力するもしないも君らの好きにしていい。まあいずれ、状況が動けば嫌でも国のために働くさ。それまでせいぜい武器の在庫をたくわえておいてくれ……」

王女はそれだけ言い残すと、パーティー会場を後にした。

たしかに彼女の言うことには一理ある。

はじめから僕たちに選択肢なんてないんだ。

戦争が本格的に始まれば、国内のギルドも物資の提供などで参戦しなくてはならない。

「一杯食わされましたね……。彼女のほうが一枚上手ということです」

ライラさんが悔しそうに歯噛みする。

僕たちをわざわざ呼びつけて、表彰までして支援金を送る。

それはすなわち、大戦へ向けての投資に他ならない。

うまく利用されたわけだ。

だけど僕は、そんなことはどうでもいい。

僕が守りたいのは、国なんて大きなものではなく、ライラさんの笑顔と、妹の命――。

「だ……大丈夫ですよ、ライラさん！」

「え？」

「ギルドが大きくなることには変わりないんですし！　それに、戦争だってきっと、勇者さんが解決してくれますよ！」

「そ、そうですね……。ありがとうございます」

まだ落ち込んでるな……。

これは必殺技を使うしかないな。

僕はライラさんの頭を抱きかかえるようにして、ゆっくりと体ごと包み込む。

ライラさんの身体の震えから、その怒りや悲しみ、悔しさが伝わってくる。

「ライラさんらしくないですね。こう考えるんです。逆に利用してやりましょう！　今回の支援金を利用して、もっともっとギルドを大きくするんです！　それで、国が手出しできなくなるくらいまでの力を持っちゃえばいいんですよ！」

僕は精一杯の持論を展開する。

「――あははっ！」

「ライラさん……」

ライラさんは笑いながら、僕の腕の中から離れる。

そして涙を拭きながら――。

「そうですね！　ヒナタくんの言う通りです！　あの王女を出し抜いてやりましょう！」

「そうですよ！　その意気です！　それでこそ僕のライラさんだ！」

「僕の……ですか……？」

「……」

以前、ライラさんが僕のことを「私のヒナタくん」なんて言ってたっけ……。

そのときはまだ僕はライラさんの気持ちに気づいてなかったなぁ。

「そうです。僕の、ですよ」

「じゃあ、ヒナタくんは、私の、ですね」

「はい」

僕たちは暗い夜道を、笑い合いながら帰った。

街に戻るのにはまだ日にちがあるから、明日は二人でゆっくり観光できそうだ！

「これで、また私の夢に一歩近づきました――」

ライラさんがそんな独り言をこぼしていた気がするけど……。

もう眠たくてあまり覚えていない。

ライラさんの夢って、なんなんだろう――？

◆

こうして、物語は一つの区切りを迎えるのだが……。

ヒナタにはまだ救わなければならない人《いもうと》がいる。

まだまだ彼らの物語は続いていくのであった――。

書き下ろし番外編

ライラの本音

「よし……これで完成っと……！」

とある日の深夜、僕はギルドの倉庫に残って作業を続けていた。

新種のポーションの開発に取り組んでいて、家に帰る暇もない。

ちなみにたった今完成させたポーションは、本命のポーションとは別のものだ。

ザコッグさんから個人的に依頼されていたもので、作業の合間に調合を進めていた。

ま、要は行き詰まったときの息抜きだ。

だというのに――。

「これはとんでもないものができてしまったのかもしれないなぁ……」

完成したポーションを目の前に掲げて、僕はしみじみ独り言を漏らした。

ライラさんから頼まれていた本命のポーションよりも、はるかにすごいものを生み出してしまったかもしれない。

あれこれ悩んで作るよりも、こうやってラフに作ったほうがうまくいく、というのはよくある話だ。

「でもこれはさすがに……誰にも見せられないなぁ……」

なにせ、このポーションは効力が効力だからなぁ……。

そう、僕がザコッグさんから頼まれて作っていたのは――。

――通称、媚薬《びやく》ポーション。

といっても、無理やり人の気持ちを変更するような危ないものではない。

飲んだ人の本音を引き出すだけのものだ。

だから僕はこれを【本音ポーション】と名付けた。

話は先週にさかのぼるけど、僕はザコッグさんからとある事情でこれを作るように頼まれていたのだった。

『お願いですヒナタさん！　どうしても本音を聞き出したい女性がいるんです！』

『うーん……ザコッグさんからのお願いなのでなんとかしたいんですけど……。これはちょっと難しいですすねぇ……』

『そこをなんとか！　お願いしますよ！』

『まあ、一応作れるかどうかだけ試してはみますよ……』

『本当ですか⁉　ありがとうございます！』

なんて話があったのがつい先週のことだ。

それで、僕はついにその【本音ポーション】を作り出してしまったのだけれど……。

「でもやっぱりこれはよくないよね。ザコッグさんには申し訳ないけど、あきらめてもらおう」

いくら相手の本音を引き出すだけだからと言って、無理やり聞き出すようなことはやっぱりよくない。

特に恋愛に関することなんだから、自分で気持ちを伝えるべきだろう。

なんて、いつまでもライラさんに思いを伝えられない僕が言えた話ではないのかもしれないけれど……。

「ということで、これは倉庫に置いておこうっと……」

僕はそれをそっと棚にしまった。

さあて、本音ポーションが完成したから、この流れでライラさんから頼まれていたポーションのほうも作ってしまおう！

なんとも偶然なことに、ライラさんから頼まれていたポーションは、この本音ポーションの応用で作れそうだ。

本音ポーションよりは少し材料などが複雑で、神経を使いそうだけど。

なんだか今ならいいポーションが作れるような気がするぞ……！

僕はそのまま朝までポーション作りに没頭した。

◇

【side：ライラ】

朝早くに、私はギルドへとやってきました。

ギルド長として、誰よりも早くに職場に来て準備をしておくのは当然のことです。

まずはギルドのカギを開けていきます。

「あれ……？　倉庫が開いてますね……」

倉庫のカギは開いたままになっていて、わずかな明かりが漏れていました。

きっと誰かが残業していたのでしょうね。

そっと倉庫内をのぞき込むと――。

いつものポーション研究所に、ヒナタくんの姿がありました。

調合用の机に突っ伏して、ぐっすり眠ってしまっています。

「あらあら……またですか……」

この前頼んだ新作のポーションがなかなか完成しないと言っていましたが……。

まさか徹夜してまで頑張ってくれていたなんて知りませんでした。

ヒナタくんはいつも頑張りすぎるきらいがあるので、締め切りとかは特に伝えていなかったんですが……。

それが逆効果だったのかもしれませんねぇ……。

すやすやと寝息を立ててるヒナタくんに、私はそっと毛布をかけてあげます。

「ふふふ……かわいい寝顔ですね……」

思わずそんなことを思ってニヤケてしまう。

いつもは頼りがいのある彼も、こうして眠っているとまだまだ幼さの残る少年だ。

私にとっては弟のようでもあり、信頼のおける男性でもある。そういった不思議な存在です。

「おや……？　これは……？」

ふと、ポーション棚に目をやると、見たこともない色のポーションが置かれていました。

私はそれを手に取って眺めてみることにしました。

どうやらこれは市場に出る前の試作品のポーションのようですね。

「まさか……ついに完成させたんですか⁉　すごい……さすがヒナタくんです……！」

頼んでいたポーションが完成したのだと、私はその場で小さく拍手してしまいます。

難しい注文をしてしまったと思っていたのですが、まさかこんなに早く仕上げてしまうなんて……。


これを作り上げるためにこんなに頑張ってくれたんですね……。

私が彼に頼んでいたポーション、それは【黙秘ポーション】というものでした。

それを飲めば絶対になにがあっても本音を漏らさないで済む、という効能のものです。

スパイ活動をする諜報部隊の人や、国の要人などに需要があります。

今までもそういったポーションを開発しようと数々の研究者が挑んだと聞きますが、ついぞ完成はしなかったそうです。

でも……ヒナタくんはついにやってのけたんですね……！

これでうちのギルドもますます安泰です。

黙秘ポーションはきっとかなりの高額で売れるので、大幅な利益アップにつながります。

「いちおう、ちょっと味見してみましょうか。幸い、今日は大事な商談の日ですし……。口は堅いほうがいいでしょう。えい……！」

私はそんな軽い気持ちで、ヒナタくんの作ったポーションを口にしました。

と……ちょうどそのときです。

「ん……？　あれ……？　ライラさん……？　おはようございます」

ヒナタくんが眠たそうな目をこすりながら、目を覚ましました。

よかったです……ちょうど黙秘ポーションを飲んでいて……。

今の私はヒナタくんの寝顔のせいで少し気が抜けてしまっていて、なにを言ってしまうかわかったもんじゃありませんからね。

だってヒナタくんのあんなかわいい寝顔はかなりレアですから！

「あ、ヒナタくん。おはようございます！」

「ライラさん……ここでなにを？」

ヒナタくんのその素朴な疑問に、私はごまかして答えようとしました。

だってわざわざ倉庫にまで来て長居していたのはヒナタくんの寝顔のせいですからね……。

「あ、ああ。私はさっきまでずっとここでヒナタくんのとぉってもかわいらしい寝顔をずうっと見ていただけですよ……？」

「え…………？」

「…………!?」

あれ……!?　今私、なにを言ったんですか……!?

思っていたことと、まったく違うことが口から出てしまいました。

いえ、思っていたことがそのまま出たというべきでしょうか……？

とにかく、本音がついポロっと……。

ん……？　本音……？

おかしいですね、私はさっき黙秘ポーションを飲んだはずなのに……。

「も、もしかしてライラさん……そのポーションを飲んだんじゃないですか……⁉」

「へ……⁉　え、えぇ……飲みましたけど……」

「はぁ……そういうことですか……」

「え⁉　ど、どういうことなんですか⁉」

「それは僕がザコッグさんに頼まれて作っていた本音ポーションなんです」

「ほ、本音ポーション⁉」

どうりでおかしいと思いました。

それにしても、本音ポーションですか……。

「と、いうことは私は今……」

「そうです。本音しか話せません」

「じゃあつまり……さっきのヒナタくんの寝顔がっていうのは……私の本音が漏れてたということですか……」

「そ、そうなりますね……」

ヒナタくんは自分の寝顔が見られていたことの恥ずかしさで赤くなってしまいました。

「ヒナタくん、顔赤くなってますね。かわいいです……」

「えぇ……⁉」

「あ……また本音が……」

どうしましょう、このままじゃ私の心臓がいくつあっても持ちません。

これ以上墓穴を掘る前にどこかへいかないと……！

「じゃ、じゃあヒナタくん私はこれで!!」

「あ、ライラさん！　大丈夫ですか……!?」

「も、もうほっといてくださあああい!!」

ヒナタくんが近くにいるとなにを言ってしまうか自分でもわからないですからね……。

逃げるが勝ちです。

って……このあとの商談どうしましょう……？

本音しか言えない状態で取引をするなんて、そんなの無理です！

◇

【ｓｉｄｅ：ヒナタ】

「ライラさぁん……！　行っちゃった……」

僕の作った本音ポーションを飲んでしまったライラさんは、逃げるようにして倉庫から去っていった。

はぁ……。

それにしても、ライラさんには申し訳ないことをしたな……。

黙秘ポーションも頼まれていたんだから、ちゃんとわかるようにしておかなきゃならなかった。

ていうか、あれがライラさんの本音なのか……？

「うう……僕のほうこそ恥ずかしいよ……」

ライラさんに寝顔を長時間見られていた上に、かわいいだなんて……。

きっとライラさんにとって僕は弟のようなものでしかないんだろうな。

今回のことで全然男性として意識されてないってことがわかってしまったよ。

もっと僕のほうから積極的にいかないと、振り向いてもらえないかもしれないね……。

そう決意を新たにした僕は、その後もポーションの調合を頑張り続けた。

黙秘ポーションはその後昼くらいに完成した。

◇

「あれぇ……？　ライラさん、いないなぁ……」

完成した黙秘ポーションを見てもらおうと、ライラさんを捜す僕。

この黙秘ポーションを飲ませれば、きっと本音ポーションと打ち消しあってライラさんは元に戻るはずだ。

しかし、ギルド内のどこを捜しても見当たらない。

「あの、ライラさん知りませんか？」

ギルドの受付をやってくれているお姉さんに尋ねてみる。

すると、なぜだか彼女は僕のことをニヤニヤした目つきで見てくる。

「な、なんですか……？」

「うふふ……ヒナタさん、幸せものですね」

「は、はぁ……？」

「今日のライラさん、ずっとヒナタさんのことを話してましたよ」

「え……？　そうなんですか……？」

「それはもう、嬉しそうに」

本当かなぁ……？　と思うけど、本音ポーションを飲んでいるのだから本当なのだろう。

でも、僕の作った本音ポーションが失敗作という可能性もあるしなぁ。

それに、ライラさんが僕のことをどう言ってたかまではわからないんだ。

喜ぶのはまだ早いよね。

「そ、そんなことより……！　ライラさんは……？」

「なんだか、今日はずっと忙しそうにウロウロされてますね」

「やっぱり……」

きっと僕を避けているんだろうね……。

朝あんなことがあったから……。

でも、なんとかこの黙秘ポーションを渡さないと。

「あ、ライラさん……！」

「え…………!?　どこですか……!?」

急にお姉さんが指をさしたので、僕は振り返る。

するとそこには、さっきまで捜してもどこにもいなかったライラさんの姿が！

「げ……ヒナタくん……！」

「げ……ってなんですか……!?」

ライラさんは僕を見つけると、踵を返して逃げていった。

さっきの反応を見る限り、まだ本音ポーションの効果は続いているようだ。

いくらなんでも普段のライラさんは「げ……」なんて言ったりしないしね……。

そういうところまで本音が出てしまうんだ。

僕は逃げるライラさんを必死で追いかける。

「待ってくださいライラさん！」

「こ、来ないでくださいヒナタくん！」

「ち、違うんです！　黙秘ポーションができたんです！」

「え!?　本当ですか!?」

僕がそういうと、ようやくライラさんは立ち止まってくれた。

そして無言で僕から黙秘ポーションを奪い取る。

「あ……」

「ごくごくごく……ふぅ」

ポーションを飲み干したライラさんは、ようやく元の落ち着きを取り戻したようで……。

「ふぅ……見苦しい姿を見せてしまいました……。すみませんヒナタくん」

「い、いえ……僕こそポーションを棚にそのまま置いてしまったせいで……」

「ヒナタくんはなにも悪くないですよ……」

というか、ライラさんさっきまでとまるで別人だ。

本音ポーションを飲んでいたときは、子供のように本音全開だったけど……。

今は普段通りの、大人っぽい落ち着いたライラさんだ。

あれが本音の姿なんだと思うと、普段は結構無理してしっかり屋さんを演じてるんだなぁ。

素のライラさんを垣間見た気がして、ちょっと嬉しい。

「ていうか、黙秘ポーションも完成したんですか!? さすがはヒナタくんですねぇ！ ありがとうございます」

「いえいえ、本音ポーションがヒントになったから完成したようなものですよ」

そう考えると、本音ポーションの開発を依頼してきてくれたザコッグさんには感謝かもしれないね。

僕一人じゃ、本音ポーションなんてものを作ろうとは思わなかっただろうし。

「あ、あの……ヒナタくん?」

「はい？ なんでしょう、ライラさん」

「その……今日のことは、できれば忘れてもらえるとありがたいです。とっても恥ずかしいので」

「あ、そうですよね……。忘れます忘れます」

元はといえば僕がややこしい位置に本音ポーションを置いたままにしていたせいもあるからね。

それに、人の本音をのぞき見るのはやっぱりよくない気がする。

なんだかライラさんの本音を聞いてしまったのはちょっと後ろめたいな。

「でも、素のライラさんもかわいかったですよ。僕はライラさんの本音がきけて、嬉しかったです」

ふと、僕は思ったことをそのまま口にしてしまった。

なんでだろう？

「へ……⁉　な……⁉　か、かわいいですって⁉　あの……ヒナタくん、ヒナタくんも本音ポーションを飲んでます？」

「いえ、飲んでませんけど……」

「も、もう！　ヒナタくんなんて知りません！　私は商談があるのでもう行きますからね！」

「あはは……すみません」

ついライラさんを照れさせてしまった。

でも、僕もさっきかわいいって言われて恥ずかしかったから、お互い様だよね。

ライラさんの商談がうまくいくことを祈っておこう。

さて、僕はこれからザコッグさんと話をしなきゃ。

◇

「……ということなので、この本音ポーションは封印することにします」

僕はやってきたザコッグさんにそう話した。

やっぱり人の気持ちを薬でどうこうしようというのはよくないと思うからだ。

「そ、そんなぁ……！　ヒナタさん、それはないっすよぉ！」

「でも……人に飲ませるのはダメだと思うんですよ……」

ん……？

僕は今、自分でそう言って気づいた。

人に飲ませるのはダメだけど……自分で飲むのはいいんじゃないか⁉

「ザコッグさん、一つ考えがあります」

「え……？　なんですか？」

「これをザコッグさんの意中の女性に飲ませるのではなく、ザコッグさん本人が飲むんです！」

「え……⁉　俺がですか⁉」

「相手の本音を確かめたい、そういう気持ちはわかります。でも、それはやっぱりフェアじゃないです。ここはザコッグさんがこれを飲んで、本音を相手にぶつけるんですよ！」

「で、でも……俺にはそんな勇気が……」

「なにを言ってるんです！　そのための本音ポーションじゃないですか！　大丈夫です、まっすぐ本音を伝えれば、きっと伝わりますよ！」

「ヒナタさん……！　俺……やってみます！」

と、いうことで、当初の予定と変わって、ザコッグさん本人に本音ポーションを飲ませることにした。

そうすれば、こっちが一方的に告白するだけだから相手にポーションを飲ませなくてもいい。

相手にポーションを飲ませて本音を聞き出すのよりも、こっちのほうがよっぽど潔いね。

◇

後日、ザコッグさんはニコニコした笑顔でギルドを訪れた。

「ザコッグさん、その笑顔は……」

きっといい知らせがあるのだろうと、僕は期待した。

しかし――。

「はい、振られました」

「えぇ……!?」

「それはもう、きっぱりと。玉砕ですよ」

「なのに……その笑顔なんですか……?」

僕はきっとライラさんに振られたりしたら立ち直れないよ……。

不思議と、ザコッグさんは憑き物が落ちたような清々しい笑顔だった。

「本音でぶつかった結果がこれですから。あきらめがつきました！　これで次の恋に進めるというものですよ！」

「そうですか……」

「これもヒナタさんが背中を押してくださったおかげです！」

「いえいえ……僕はなにも」

でも、ザコッグさんの前向きな考えには僕も救われた気がする。

僕も一歩前に進まなくちゃね。

とは言っても、僕にはザコッグさんのように告白するような勇気はまだないんだけど……。

「ヒナタさん、ライラさんとのこと、応援してますよ！」

「えぇ……!? ぼ、僕は別にライラさんのこと……」

「もう、素直じゃないですね！　ヒナタさんも本音ポーション飲んだらどうですか？」

「ザコッグさん……！　からかわないでください！」

「あはは……すみませんすみません！」

なんていうふうに、今日もギルドは平和だ。

ザコッグさんとも仲良くなれたし、いいポーションもできた。

まあ、僕とライラさんの距離が縮まるのはまだ先のことになりそうだけど……。

◇

ちなみに、ライラさんの商談は黙秘ポーションのおかげでうまくいったみたいだ。

おまけに黙秘ポーションも貴族からの注文が殺到して、ものすごい利益になったそうだ。

あとがき

こんにちは。著者の月ノみんとです。

まずはこの本を手に取っていただき、ありがとうございます。読んでくださった方、買ってくださった方はもっとありがとうございます。

『薬師ヒナタ』はもともと、小説家になろうで連載されていたものを加筆のうえ、書籍化したものです。連載当時は「ブラック医術ギルド」というタイトルでした。ｗｅｂ版から知ってくださっている方はそちらのほうがなじみ深いかもしれません。

『薬師ヒナタ』は僕が初めて小説家になろうで多くの方に知っていただいた、思い出深い作品です。まさに自分の原点ともいえます。

さて今回のお話は、医術ギルドと商業ギルドを舞台とした、薬師ものです。

薬師もの、ポーションもの、医術もの、それらをテーマにした小説は、なろう系の中でも人気ですよね。

僕もポーションをテーマに一つ書きたいなと思って書いたのがこの作品になります。

当時なろうで流行っていた「追放もの」「追放ざまぁ」ジャンルを取り入れて、うまく差別化できたと思っています。

追放ものを書こうとなったときに、対立軸が作りやすいなと思って、この設定にしました。

作中では、ヒナタは能力があるにもかかわらず、学歴がない、貴族ではない、というだけの理由で、不当に差別されます。一方で、能力がないにもかかわらず、生まれの身分で高い地位についているのが、悪役のガイアックです。

この物語はとにかく、ヒナタとガイアックを対比させ、意図的に対照的に描きました。それによってお互いの個性がより強く表現されています。

主人公はもちろんヒナタですが、このガイアックもまた、もう一人の主人公と言えるかもしれません。物語にはいい悪役が必要だといいます。その点、ガイアックは自分でもよくやってくれたというくらい、悪役として最高の仕事をしてくれたと思っています。

悪役を書くのがこんなに楽しいのは初めてでした。

間違いなく僕の作品の中でも最高のキャラクターです。物語自体も、自分の作品の中でも、特に大好きな物語です。

この大好きな物語を、こうしてみなさんにお届けできて、本当に嬉しいです。

イラストレーターさん、編集さん、お世話になった先輩作家さん、関わってくださったすべての方に感謝を申し上げます。本当にお世話になりました。

また、コミカライズのほうも始まるので、よろしくお願いします。

それではみなさん、また二巻でお会いしましょう。

巻末おまけ

コミカライズ第一話試し読み

漫画：らむ屋
原作：月ノみんと
構成：瑛来イチ
キャラクター原案：植田亮

おい
ヒナタ・ラリアーク
ポーションを
混ぜているだけの
役立たずめ
お前はもう
いらない
今日でギルドを
追放だ――!!

第1話

どうしてですか
僕は3年も がんばって 働いてきました……!
薬師《ポーション》 ヒナタ・ラリアーク
…俺がこの 医術ギルドを継いで 今日で3年目
ギルド長 ガイアック・シルバ
3年間うまくやれたら 俺の好きにしていいと 親父に言われていたのでな
今日からここは 正真正銘 俺様のギルドだ
よって 俺様の 権限により
貴様を 追放する!

このギルド長はポーション師を見下している
だから大した予算ももらえずポーションの素材も悪質なものばかり
このギルドには僕しかポーション師はいないし…
それでも僕の能力《ユニークスキル》でなんとか使えるポーションを作って
納得できません！
文句も言わず働いてきたのに…！
理由を教えてください！
まだわかんないの？
医療ギルドにはポーション師なんて底辺の人間は
ふさわしくないんだよ…！
俺たち魔法医師は大学で専門の教育を受けたエリートだ
それにくらべポーション師は
資格もいらないただのゴミ

そうだよ
ポーション師なんて
楽してるだけだろ
お前がいなくても
ポーションくらい
自分たちで混ぜれる
平民は自分に合った
仕事をしろよな！
まぁ…
どのみち
お前にはなんにも
できないかな？
――ひどい
理由だな
魔法医師は
貴族しか
なれない仕事だ
だから
ポーション師より
立場が上なのは
わかるけど
家や学歴で差別して
僕の仕事をちゃんと
見ようともしないなんて――
…不満そうだな？
だが理由は
それだけじゃ
ないぞ？
昨日お前が作った
ポーションが原因で
患者が死んだ
…え？
これが
証拠のビンだ…！
ド
ン

そんな…ありえない！
そもそもどんなに質が悪くてもポーションを飲んで死ぬはずが…
中身がすり替えられてる…!?
これは僕の作ったポーションじゃありません…
嘘をつくな
ポーション師はお前しかいないんだ
お前が作ったに決まってるだろ！
皆さんだって混ぜるだけなら誰でもできると言ってたじゃないですか！
暇じゃないんだ
は？俺たちがわざわざそんなことするわけないだろ
本来なら裁判にかけるところを特別に追放で許してやるんだ
感謝しろよ！
──何を言っても無駄か…
こうまでして僕を追い出したいなんて──
…そういえば

今日はお前の病気の妹の誕生日だったよな？
…え？ はい そうですけど…
これで プレゼントに いい土産話《みやげ》ができただろ？
ニィッ
…ちょうど よかったじゃ ないか
お前の給料じゃどうせ ろくなプレゼントも 買えないだろうしな！
……っ
ひどい…
あの… 退職金とかは…？
ないぞ
他の仕事を 紹介して もらえたりは…
あるわけ ないだろう
…本当にこの人たちは 僕のことなんて どうでもいいんだな
僕は 妹の病気を治すために お金が必要なのに――
…もう いいです
僕は 冒険者にでも なりますから…
はぁ？
どっ
…いいか？
バカじゃ ねぇの？

お前はスキルも3つしか使えない正真正銘の落ちこぼれなんだぞ？
今時10歳の子供だって20個はスキルを使って戦えるのになぁ？
それはそうですが…
しかもお前のスキルは3つとも戦闘向きじゃないんだ
冒険者になんかなれるわけないだろ
…確かに僕のスキルは
【薬品調合《ポーションクリエイト》】【素材活性《マテリアルブースト》】【素材鑑定《マテリアルプリーザル》】
——とどれもポーション師向けのスキル構成だ
まお前には才能がないんだよ
あきらめて妹と一緒に野垂れ死ね
じゃあな！
……はぁ

こんなことになって
ただいま……
妹になんて言えばいいんだ――……
この子は従妹のアサガオちゃん
病気の妹のために色々お世話をしてくれている
とっても頼りになるいい子だ
あらお帰りなさいませ
…お兄様…？

顔色が悪いですわね
どうかなさいましたの？
うん…ちょっとね
かくかく
しかじか
大丈夫ですわ！
わたくしがもっとがんばりますから…！
彼女は妹の世話をしながら家でできる仕事で稼いでくれてる
魔道具の簡単な修理や薬草の仕分け作業などだね
お兄様は今まで十分がんばってくれましたわ！
ゴッ
兄さん……？
アサガオちゃん…
ゴメンね…ありがとう…

彼女はヒナギク・ラリアーク
僕の最愛の妹だ
ヒナギク…！
どうやら話を聞かれてしまったみたいだ…
不甲斐ない兄でごめんね
兄さんは本当はすごいって知ってるの
ふる
ふる
それがちょっとわかってもらえないだけなの…
ヒナギク…

彼女たちがいてくれるから僕はがんばってこれたんだ――
私のためにいつもありがとうなの兄さん
おっと
そしてこれからも――…
体重がまた軽くなった…
あらあら
ヒナギクだけズルいですのよ！
えへへ～
アサガオちゃんもあとで座らしてもらえばいいなの
ふっ
絶対に妹《ヒナギク》の病気を治したい
そのためにもポーションをもっと研究しなきゃ…

それに合った仕事が見つかればいいんだけど――
とりあえず仕事を探さなきゃな…
ポーション師として働くならやっぱり薬品を売ってるお店とかかな？
今度はポーションの研究もできる仕事がいいな
医術ギルドはもうごめんだし
翌日
むむむ…

どうしたんですか？
……!!
うわ……
綺麗な人……！
それでしたら
僕が選びましょうか？
え
いいんですか？
素材アイテムの
仕入れに来たんですけど
あまり
詳しくなくて…
…チッ

うわっ高ッ
ボッタクリじゃないか…！
こりゃあ店主はとんだ狸オヤジだな…
素人じゃあ悩みもするわけだ
ふっ

フォン
素材鑑定《マテリアルブリーザル》ーー！
薬草(F) 10G
…これはダメだ
薬草(B) 30G
…お！
これは使える
これがいいと
思いますよ
素材鑑定《マテリアルブリーザル》が
使えるんですか!?
すごいですね！
ええまぁ……

鑑定系のスキルを持ってるだけですごい才能ですよ！
うらやましいくらいです
いやあ…まあ…
それでもクビになっちゃったんですけどねぇ…
アハハ…
え？
だったらうちで働きませんか…？
へ？

実は私…新しくできた商業ギルドを任されているんですが
正直人手不足でして…
いいんですか!?僕…ただのポーション師ですけど…
ええあなたさえよければ!
商業ギルドかぁ…
すぐにでも飛びつきたい話だけど…
確かに僕には仕事が必要なんですが…
でも妹の病気を治すためにポーションの研究もする必要があって…
僕に向いているのかな…?
それならちょうどいいですよ!
商業ギルドにはいろんな素材アイテムが入ってくるから研究するのにも向いてます!
…なるほど!
それならぜひお願いします…!
こちらこそよろしくお願いしますね
ペコ
ペコ
…こうして

僕は彼女…
ライラ・レオンハートさんが
ギルド長を務める商業ギルド
【世界樹《ユグドラシル》】で
働くことになった！
…それにしても
すごいですね
その若さで
ギルド長とは…
こんなにすぐに
仕事が見つかるなんて
…いえいえ
私もまだ
わからないこと
だらけで…
荷が重いですよ…
この人には
感謝をしても
しきれない——

ライラさん
それは？
これですか？
これは…
素材鑑定《マテリアルプリーザル》のスキルを使わなくてもわかる
どれもこれも状態が（F）の粗悪品だ…
騙されて買ってしまったんですよね…
どうしましょうか…
なんとかしてあげたいな…
…僕に貸してください
え？
こんな素材を…？

素材活性《マテリアルブースト》――！
パァア……
シュウウウウウウ
薬草(F)
薬草(D)
これでなんとか使い物になりますかね？
ふう
ヒナタくん……

あなた……すごいわ……!
ガバ
しっ
…へ?
こんなスキル…
初めて見ましたよ…!
確かに自分でも便利なスキルだとは思うけど…
一応…僕のユニークスキルなんですコレ
逆に言えばこれくらいしか取り柄がないんですけどね…
これだけ…って…
十分ですよ!?

捨てるしかないような素材を生まれ変わらせてしまうなんて
本当にすごい……！
こんなふうに褒められたのは初めてだ…
役に立てたならよかったな…
せっかくライラさんの厚意で雇ってもらったんだしできるだけのことはしたい――
ちょっと
そこのポーション師
止まりなさい！
……！

僕を追放したギルド長のとりまきのひとり…
名前は確かレナさん…だったかな？
どなたですか？
前の職場の人ですよ
なんの用ですか？
僕は追放されたのでもう関わりはないはずですが…
倉庫のカギをよこしなさい
はい？倉庫のカギ？
あなたカギを返さずに行ったでしょう
…いったいなんのことですか…？
？
とりあえず一緒に来て
死にそうな患者がいるの
グ
わっ

倉庫まで行ってたら
間に合わない……！
僕が行っても何もできないと思いますが…
それに僕の力はいらないんじゃなかったんですか？
ポーションは自分たちで混ぜれるんでしょ？
うるさい！いいから早く…！
…わかりましたよ
死にそうな人がいるのならしかたがない
本当はもう2度とギルド長の顔なんて見たくもなかったけど
患者さんに罪はないからね

ちょうど手元にさっきライラさんと買った素材もあるわけだし――
いいですか？ライラさん
もちろんです私も行きます……！
すみません巻き込んでしまって…
いえいえ
ヒナタくんはもう私の大切な仲間ですから
お付き合いしますよ
へ？
ドキッ
っ…
付き合う…!?

え…？
・・・・・・・
い…いやいやそういう意味の付き合うじゃありませんよ
で…ですよね～！
ま…まあ…
そういうことになっても…
私は構いませんけど…
ね…？
へ……？

僕の聞き間違いだろうか…？
で…では行きましょうか！
は…はい！
…きっとそうに決まってるよね…
会ったばかりの女性がそんなこと言うはずないし…！
ライラさんはきっと…
僕が前の職場に嫌な思い出があることを察して
自分も行くと言ってくれたんだろう
本当に気の利く
優しい女性《ひと》だ――
自分の願望が幻聴として現れるなんて
僕もどうかしてるなぁ…
――こうして僕たちは
医療ギルドへ向かうことになった――

俺は
ガイアック・シルバ
エリートばかりが
集まる
医療ギルドの
ギルド長だ
昨日は
無能のポーション師を
クビにしてやった
…いい気分だ!
…ギルド長!
すみません!
麻酔ポーションの
場所がわかりません
は?
そんなの
そのへんの棚に
あるだろ
そんなことも
わからないのか?
ゴミめ
…まったく
せっかく無能を
追い出したのに
どいつもこいつも
使えないゴミだな

確かこの男は
キラ…とかいったか
俺は忙しいから
男の名前なんかいちいち
覚えてられない
この棚ですか？
ですが自分には
どれが麻酔ポーションで
どれが解毒ポーションか
わかりません…
それくらい大学で
習うだろバカが
お前もクビに
されたいのか？
自分は魔法医師なので
ポーション関係のことは
覚えてませんよ
誰かポーションを
見分けられるヤツは
いないのか？
誰もわかりません
ギルド長は
どうなんですか？
は？
俺が知るわけ
ないだろ⁉
チッ
しかたない…
お前
そのポーション
飲んでみろ
寝れば
麻酔ポーションだし
寝なければ
解毒ポーションだ
ええっ⁉
…麻酔ポーション
だったか
使い物に
ならないな
無能め
バカどものせいで
今日は忙しく
なりそうだ——
ババタ
ギルド長
急患です！

さっそく俺の腕の見せどころだ…
こっちです
って
おい…
何が
わぁ
助けてぇ
あったんだ…!?
痛いよォ
どうやら爆発テロのようです
おい
時間との勝負だぞ
ポーションを大量に持ってこい
…急げ！

難しい手術が続きそうだが
わーわー
俺の医術魔法ならどうってことないだろう――
ふぅ…
なんとか乗り切ったな…
さすがギルド長です!
まあな…
ギルド長!大変です!
ジールコニア子爵さまが刺されたとのことです!運ばれてきます
何子爵さまだと!?
爆発テロだけでも大事件なのに
子爵階級の人間が刺されるなんて…
これは戦争になるかもしれないな――
無能を追い出してこれからって時に…
…だが
ニィッ

ここで
子爵を救えば
…よし
俺に任せておけ
必ず
救ってみせる…！
恩を売ることが
できるかもしれない――!!
お前たちは
ポーションを
用意しろ
大量にな！
ギルド長
それが…
さっき使った
ポーションで
最後です
何
カ
ラ
ン
治療には
医術魔法
だけではなく
ポーションも
使わないと
キズは完全には
塞がらない
確かに今日は
かなりのポーションを
使ったからな
しかたない
急いで倉庫に
取りにいってこい！
はい！

ポーションが届くまでは
医術魔法で
乗り切るしかない
とりあえず
止血だけでもして
時間を稼ぐか…
ギルド長！
大変です！
今度はなんだ
倉庫のカギが
開きません！
あのポーション師が
カギを返し忘れたに
違いない
最後まで
足を引っ張ってくる
ヤツだ…！
急いであの
ポーション師を
連れてくるんだ！
ポーションを
持ってこさせろ！
バカな！
わかりました！
おい
このギルドは
どうなっているんだ！
早く子爵を
お救いしろ！
すみません
今やっています
もう少しです
パアアァ
…チッ

なんで俺が
怒られなきゃ
ならないいんだ――
…で
患者さんはどこに
いるんですか…？
あちらに…
処置は
間違ってないけど
あれじゃダメだ
ポーションがないから
傷が塞がりきってない――
…おう
遅かったな
無能は足も
ノロいようだ

さっさとポーションを置いて出ていけ
…ちょっと！なんなんですかあの人
いいんですライラさん
でも
僕のために怒ってくれてありがとうございます
そんな…
薬草(D)
スライムコア(C)
薬品調合《ポーションクリエイト》――！

プァアアア
下級回復
ポーション(C)
ヒナタくん
調合まで
早いんですね
…すごいです!
医療の現場では
スピードが
命ですからね
シュ
パパパパパ
ダメです
ギルド長!
傷が
塞がりません!
くそ!
なんでだ…
ポーションを使うのが
遅れたから傷の治りが
遅いんだ──

これは…何か手を打たないとダメだね
ヒナタくんそれは…？
僕の私物です
妹の病気の研究のために集めてたんですか…
生命樹の根とサンライト鉱石の粉末…!?
どちらもなかなか手に入らないレア素材ですよ…!?
生命樹の根(C)
サンライト鉱石の粉末(B)
そんな大事なものを使ってしまっていいんですか？
…いいんです
目の前で死にかけてる人を
見殺しにすることはできませんから
ポ
CORONA EX
続きはコロナEXにてお楽しみ下さい！
TO books

次巻予告
兄さんがきっと——
ヒナギクを
コミカライズ好評連載中！
漫画：らむ屋　原作：月ノみんと
構成：瑛来イチ　キャラクター原案：植田亮

治してくれるの！
ヒナタくん、まさかそれは……!?
錬金術を習得し、
いよいよ幻の万能薬《エリクサー》作成へ！
不治の病に苦しむ妹を救え。
人の力になりたい捨てられ薬師が
波乱を巻き起こすメディカルファンタジー。
信じられませんわ！
薬師ヒナタは癒したい2
～ブラック医術ギルドを追放されたポーション師は商業ギルドで才能を開花させる～
月ノみんと
イラスト：植田亮
今冬発売予定！

薬師ヒナタは癒したい
～ブラック医術ギルドを追放されたポーション師は商業ギルドで才能を開花させる～

2024年12月1日　第1刷発行

著　者　月ノみんと

発行者　本田武市

発行所　TOブックス
〒150-0002
東京都渋谷区渋谷三丁目1番1号　PMO渋谷Ⅱ　11階
TEL 0120-933-772（営業フリーダイヤル）
FAX 050-3156-0508

印刷・製本　中央精版印刷株式会社

ISBN978-4-86794-366-3